新 潮 文 庫

その白さえ嘘だとしても

河 野 裕 著

JN287282

新 潮 社 版

10306

目次

その白さえ
嘘だとしても

今でもたまに、ヒーローについて考える。

変身ベルトを腰に巻き、無敵の肉体とぴかぴか光る必殺技を駆使して、世界征服を目論《もくろ》む悪者たちと戦うヒーローについて。

もう覚えていないけれど、幼いころは僕だってヒーローに憧《あこが》れていたようだ。

以前、引き出しの奥から幼稚園の卒業アルバムをみつけて、気まぐれにめくってみたことがある。アルバムには将来の夢が載っていて、そこに並んでいる非現実的な言葉を楽しく眺めていたけれど、僕自身の欄に当時テレビで放送されていた戦隊ヒーローの名前が書かれていたのにはずいぶん驚いた。

ほんの幼いころだったとしても、僕がヒーローになりたがっていたなんていうのは、ちょっと信じられなかった。夢らしい夢もなかったから友人の回答の真似《まね》をしてそのまま書き写したのだといわれた方がまだ説得力があった。

一方で当時の僕のおもちゃ箱には、間違いなくそのヒーローの変身グッズが入っていたから、どれだけ信じられなくても真面目《まじめ》にヒーローに憧れていた時期があったのかもしれない。

だとすれば一体いつ、僕はヒーローになることを諦《あきら》めたのだろう？

変身ヒーローはテレビの中にしかいないのだと知ったときだろうか。世の中の正義と悪というのは見方によってくるくる変わる相対的なものだと悟ったときだろうか。もっと単純に、ヒーローごっこよりも、レゴブロックの方が性分に合っていると気づいたときだろうか。

誰か、幼いころヒーローに憧れていた大人に、ぜひ尋ねてみたい。あなたがヒーローになることを諦めたのはいつですか、と。

でも僕はこれまで一度も、その質問を口にしなかった。

代わりに、こんな風に尋ねてみたことならある。

「君はヒーローにでもなるつもりなの？」

相手は、ただの女の子だった。

どこにでもいるような、とは言えないけれど、でも誰の心の中にでもいるような。たとえば、なんでもいい、空き缶を道端に捨てるとか、電車の列に横から割って入るとか、そういうルールを破る人を目にしたときに顔を覗《のぞ》かせる健全な感情に、手足を生やして人の形にしたような、そんな女の子だった。

真辺由宇《まなべゆう》。

彼女はきょとんとした表情で、「ヒーロー？」と首を傾《かし》げてみせた。

「考えたこともなかったけど。どうやったらなれるの？」

彼女は変身もできないし、必殺技も使えない。ケンカをすると悪の怪人どころか、同年代の男の子にだって簡単に負けてしまう。

それでもこれは、ヒーローに関する物語だ。

なんの力も持っていない、きっと誰からも声援さえおくられないヒーローの物語だ。

＊

その冬、階段島《かいだんとう》ではひとつの事件が起きていた。

大事件と言っても過言ではない。

人々は混乱し、不安に心を押しつぶされ、悲嘆に暮れていた。ため息をついて頭を抱え、ゴミ箱をけっ飛ばし、八つ当たりするように歌い、希望のない対策会議を開き、あるいは酔っ払ってふて寝した。

とはいえもちろん、悪の秘密結社に所属する怪人たちが暴れまわって非道の限りを尽くしていたわけではない。事件の全貌《ぜんぼう》はこうだ。

――階段島にインターネット通販の荷物が届かなくなった。

これがどれほどの悲劇なのかを伝えるためには、まず僕たちが暮らす島について説明しなければならない。

階段島は七平方キロメートルくらいの小さな島で、およそ二〇〇〇人が暮らしている。島の日常は、平凡なものだ。学生たちは学校に通い、大人たちは漁をしたり畑を耕したり小さな店を経営したりして働いている。周りにいるのが顔見知りばかりだからなのか、犯罪らしい犯罪はほとんど起こらない。住民には変わった人が多いけれど、それぞれがそれなりの幸せをみつけて毎日をのんびり過ごしている。

島で暮らす人々には、ひとつの共通点がある。

それは僕たちがみんな「捨てられた」ということだ。穴の開いた靴下を、印刷ミスしたプリント用紙を、もういらなくなったおもちゃを。ぽんとごみ箱に放り込むように、僕たちは捨てられて、階段島にやってきた。

では、僕たちは誰によって捨てられたのか？

その答えを知る人は多くない。でも勿体《もったい》ぶるようなことでもないから話を先に進めると、僕たちは自分自身によって捨てられた。

これは比喩《ひゆ》でも、仮説でもない。

人の成長というのはおそらく、獲得よりは破棄なのだろう。怒りっぽい自分を、すぐに落ち込む自分を、怠惰な自分を、日常生活を送る上で不必要な欠点を抱えた自分を。簡単に捨てることができたなら、それはきっと、とても便利で幸福なことだ。あくまで捨てた方にとっては。

僕たちはそういう風にして捨てられた、「自分の不必要な部分」だ。

ちょっと呑《の》み込むのが難しいかもしれない。でもとりあえず、そのまま受け入れてもらうしかない。どれだけ空想のように聞こえたとしても、これが僕たちにとっての現実なのだから。

自分自身によって捨てられた、欠点ばかりの僕たちは、平穏な階段島で気ままに暮らしていた。ガラパゴス諸島で生存競争上の欠点を抱えた動物たちが、天敵から隔離されているおかげで怯《おび》えずに生きていけるように。

では、なぜ人々に自分を捨てるなんてことが可能だったのか？　あるいはなぜ、階段島なんてものが存在しているのか？

その理由は、とてもシンプルで大雑把なものだ。

――魔女が魔法をつかったから。

階段島は魔女によって管理されている。

あるいは島そのものが、魔女の創造物なのかもしれない。光よあれ、と神さまが言った。すると光ができた。階段島よあれ、と魔女が言った。すると階段島ができた。事実は知らないけれど、おそらくこんな風に。

魔女が人前に姿を現したという話は聞かない。でも住民の多くは魔女の実在を信じている。半信半疑だったとしても、半分は信じている。

僕は階段島に移り住んでまだ四か月ほどだけど、今となってはもう、ほとんど完全に魔女の存在を受け入れている。少なくとも魔法のような、超常的な力を持った何者かが島を管理しているのは間違いないと確信している。でなければこの奇妙な島の存在を、受け入れることなんてできない。

階段島はあまりに都合よく設定された箱庭だ。この狭い島にはライフラインがしっかりと整っていて、週に一度やってくる船とのやり取りで経済が滞りなく回っている。生きる上での不自由はない。

そして僕たちは、階段島の外にアクセスすることが許されていない。橋もなければ、渡し船もない。漁船はあるけれど島から離れようとするとまた舞い戻ってきてしまうらしい。電話も島の外には繋《つな》がらないし、メールもこちらからは送れない。

これが魔法でなければ、特殊な夢か、あるいはコンピュータ上の仮想空間か、なんにせよ現実的ではない理由をどこかからみつけてくるしかない。そして、その非現実を管理している誰かの名前が魔女だ。

僕たちはいつのまにか階段島に捨て去られて、ここでの生活を強制されている。なのに、不満はあまり耳にしない。

理由は単純に、島での生活が快適だからだろう。

完全に隔離され、狭い範囲で成立している階段島では、不安が薄い。

進学への不安、就職への不安、将来への不安。そう言ったものがひとつも見当たらない。この島にいる限り、大きな夢を叶《かな》えるのは難しいけれど、一方で最低限の生活は保障されている。

だから僕たちは、特殊な島での平凡な日常を受け入れている。

でもそれは、そろそろ過去形になるかもしれない。

階段島で暮らす僕たちは、なにか欲しいものがあったところで、島を出て買い物にいくわけにはいかないのだ。島の中にもいくつか商店があるけれど、その品揃《しなぞろ》えは豊富とは言い難く、これまで住民たちはネット通販に頼りきってきた。ゲームも衣類も日用雑貨も、メーカーにこだわりがあるならミネラルウォーターだって通販で買うのが当然だった。階段島はどこにあるのかもわからないような島なのに、通販の商品は届いていたのだ。ほんの、つい最近まで。

僕たちの常識を覆《くつがえ》す問題が発生したのは、一二月一六日、金曜日のことだった。

＊

そのメールは、午後九時ちょうどに、一斉に届いた。

送信元はあらゆる通信販売サイトで、このこと自体に不思議はなかった。これまでも通販を使うと、受付完了しましたという旨《むね》のメールは届いていた。――島からはメールを送れないけれど向こうからは届くのだろう、と、納得できなくても受け入れるしかなかった。

問題はその文面だ。

そこには、流通のトラブルで商品の発送をキャンセルする、という内容が、事務的な敬語で書かれていた。一方的なメールひとつで、階段島の物流は崩壊した。

これまでであれば、通販の商品は、毎週土曜日にまとめて船で届いていた。食堂や商店が注文したあれこれと共に、個人宛《あて》の段ボールが港に山積みになるのが常だった。

メールを読んだときに僕が想定した最悪の事態は、その物資を積んだ船自体がやってこないのではないか、ということだった。そうなってしまえば、階段島は完全に成り立たなくなる。衣類や洗剤など日常生活に必要なものまで手に入らなくなるし、ガスはプロパンでこれも船で届く。食糧も、完全に自給自足できているとは言い難い。そもそも島に多い漁師も道具は外から取り寄せているはずで、船を動かすにも燃料がいる。

そんなわけで、僕になにができるわけでもないけれど、翌日の土曜日にはいつも船がやってくる港に行ってみた。同じように不安を感じる人も多かったのだろう、港には大勢が詰めかけていて、表情さえ違っていれば、お祭りのようでもあった。

幸いなことに、船は予定通りにやってきた。

そして食品や店舗用の商品を下ろしていったけれど、やっぱり個人宛の段ボールはなかった。

もちろん、人々は船の乗組員たちを問い詰めた。でも「事情は聞いておりません」と同じ答えが返ってくるばかりで、具体的なことはなにもわからなかった。それきり、インターネットでは通販サイトにアクセスさえできなくなってしまった。

これが現状、階段島が抱えている、目の前の問題だ。

*

週が明けて、一二月一九日、月曜日。

放課後の教室で、僕は四人の友人と顔を突き合わせていた。期末テストも終わり、終業式を目前に控えた僕たちの話題は、もちろん届かなくなった通販のことだった。

椅子《いす》を傾けてふらふらと揺らしていた佐々岡《ささおか》が、不機嫌そうにぼやく。

「おかしいだろ。どうして先週まで届いてたものが急に届かなくなるんだよ」

彼は発売されたばかりのゲームが手に入らないことに憤《いきどお》っているようだ。誰もが一度は耳にしたことのある、大作ＲＰＧシリーズの最新作で、ずいぶん楽しみにしていたようだから気の毒ではある。

委員長──水谷《みずたに》という少女が、困ったような笑みを浮かべる。

「たぶん一時的なトラブルですよ。少し我慢すれば届くようになるかもしれないし」

そういえば、彼女は三学期になってもクラス委員長を続けるのだろうか。これまでずっと委員長という呼称で通してきたから、いまさら「水谷さん」になられてしまうと、なんだか困ってしまう。

佐々岡が彼女に視線を向ける。

「ゲームってのは時間が経《た》つと劣化するもんなんだよ」

「どうして。データは同じでしょ？」

「向こうが同じでも、こっちの感じが変わるだろ。そりゃ歴史的名作みたいなのを改めてプレイするのもいいよ？　でもな、最新作は最新作であることが大事なの。ショートケーキの上のイチゴみたいなもんだよ。生クリームとスポンジの味が同じでも、やっぱイチゴが載ってないと魅力激減じゃん？」

よくわからない比喩だけど、意外と説得力があったのか、委員長が押し黙る。

僕は横から口を挟んだ。

「ダウンロードで買えないの？」

佐々岡は首を振る。

「買えない。クレジットカード持ってないし、この島じゃ電子マネーも売ってないし。それにさ、オレはパッケージで持ってたい派なんだよ。やっぱ紙の説明書をぺらぺらするのが楽しいじゃん。ちっちゃく載ってる写真とかから、すげぇ想像が広がるの。でも最近、パッケージで買っても説明書は電子だったりして――」

簡単に話題が逸《そ》れるところをみると、佐々岡も態度ほどはショックを受けていないのかもしれない。説明書の魅力についての熱弁を聞き流していると、ひとりなにかを考え込んでいた真辺由宇が、僕をみてちょこんと首を傾げた。

「ゲームソフトって、島の店じゃ買えないの？」

「さすがにゲームショップが生計を立てられるほど人がいないよ」

「そうじゃなくて。店には普通に商品が入ってきてるんでしょ。なら、お店を通して注文したらなんでも届くんじゃない？」

「それはできないらしい。仕入れられる商品がある程度決まってるんだって。専用の発注書みたいなのがあって」

とはいえ、一部の有志が集まって行っている対策会議では、商店を活用する方法も議題に上がっているようだ。

これまで日用品の大半を通販で済ましていた人たちもいる。彼らがみんな商店に流れることになるから、今まで通りの入荷では足りない。ついでにいえば、まったく価格競争がなくなりそうな状況なので、不当な値上げも懸念《けねん》されているらしい――と、寮の管理人さんから聞いた。この狭い島で悪い噂《うわさ》が立つ商売はしづらいとは思うけれど、できるだけ穏便な形で話がまとまることを願うばかりだ。

「なにがあったのかな」

と、真辺がつぶやく。

「どのサイトもみんな使えなくなるって、やっぱり変だよ。使っている業者も、運送のルートも別々でしょ。みんなまとめて届かなくなるなら、あの船くらいしか原因がないと思うけど」

でも、船は確かに港にきた。

まったく別の理由があるはずなのだ。物理的な問題というよりは、もっと根本的なルールが変更されたのではないか、という気がする。そして、そんなことが可能なのは、この島においては魔女しかいない。

だがそれも違和感がある。

これまでの魔女は、住民たちが不満を感じないように、優しく島を管理している印象だった。どうして今になって、急に？　意図が読めない。なにか、どうしようもない事情があるのだろうか。

考え込んでいると、ほんの弱い力で、肩をつつかれた。堀《ほり》だ。

堀は今日、一度も口を開いていない。いつものことだ。彼女は極端にしゃべることを怖《おそ》れている。その理由はよく知らない。わざわざ尋ねようとも思わなかった。誰だって自分の欠点について、改めて説明なんてしたくないだろう。

彼女は黒板の上にある丸い時計を指さした。もうすぐ午後五時になる。五時には教室を出るよう、先生にいわれている。

「そろそろ帰ろうか」

僕は鞄《かばん》を手にとり、木と鉄パイプの古風な椅子から立ち上がる。

教室を出るときに、真辺が小さな声で、「七草《ななくさ》」と僕の名前を呼んだ。

「これから、どうする？」

「どうって、何が？」

「通販のことだよ。どうすれば解決するのかな」

そんなこと、僕にわかるはずがない。

「しばらく我慢するしかないと思うよ。委員長が言う通り」

僕は性格の問題で、あまり楽観的に物事を考えられないけれど、かといって具体的な対策は思いつかない。すべて時間が解決してくれることに期待するほかはない。

でも。

僕たちが二学期の終業式を迎えても、次の土曜日が訪れても、やはり通販サイトは使えないままだった。

＊

ネット通販の荷物が届かなくなって二度目の土曜日――一二月二四日。

サンタクロースどころかアマゾンの荷物さえやってこないそのイヴに、真辺由宇は凄《すご》腕《うで》のハッカーをみつけ出そうとしていた。佐々岡はヴァイオリンのE線を手に入れるために、委員長はプレゼントを探して、ある郵便配達員は大量に投函《とうかん》されたクリスマスカードの配達で、それぞれ階段島を走り回っていた。

そしてその夜、僕は魔女と対面することになる。

うっかり言い忘れていたけれど、これは、ひとりのヒーローの話であると同時に、ひとりの魔女の話でもある。たぶん誰からも声援をおくられないヒーローと、きっと誰かを救おうとした魔女の物語だ。

一話、みんな探し物ばかりしている

1　七草　二四日までのこと

真辺由宇《まなべゆう》ほど単純な人間をほかに知らない。

ここでいう単純は、騙《だま》されやすいとか、感情の起伏が激しいといった、一般的な意味とは少し違う。たしかに彼女を騙すのはそう難しくないし、激情に駆られると手がつけられない。でも僕が言いたいのはそういうことではなくて、真辺由宇ほど混じりっけのない人間を、ほかに知らない。

普通、人の心というのは、混色なのだろうと思う。情熱を赤で冷静を青だとすれば、どんな人間でも紫色だ。もちろん赤っぽい紫があり、青っぽい紫がある。むらになっているところもある。色合いは様々でも、誰だって混じり合っている。

でも真辺由宇は違う。

彼女は、まるでたったひとつの色で表せるほどにシンプルだ。

たとえば今、階段島にはインターネット通販が届かない。

こんな問題に直面すると、人の心にはいろんな感情が生まれるのだろう。怒り、苛立《いらだ》ち、不安、恐怖、焦燥、悲壮、奮起――様々な感情がそれぞれの強さであちこちを向いて、多少なりとも混乱を生むのだろう。

でも、真辺由宇が考えることはひとつだけだ。

――さて、問題を解決する方法をみつけよう。

たった、これだけ。

恰好《かっこう》よく表現するなら、彼女の心には希望しかない。もっとも本人にはそんな自覚さえないのかもしれない。失望を知らなければ、希望さえ理解できない。

だから当然、彼女はネット通販の問題も解決するつもりのようだった。

いつものようになんの躊躇《ためら》いもなく、それを決めていた。


「ハッカーの仕業だって聞いたよ」

と真剣な表情で、真辺は言った。

一二月二二日にあった終業式からの帰り道、彼女と並んで、屋台のラーメンをすすっていたときだ。

「ハッカー？」

「うん。凄腕《すごうで》の」

「ハッキングで通販の商品がみんなキャンセルされたの？」

「噂《うわさ》じゃ、そういうことになってる」

「へぇ」

　僕はスタンダードな醤油《しょうゆ》味のスープに浸《つか》った麺《めん》をちゅるちゅると吸い上げて、やはりラーメンにもっとも合う出汁《だし》は煮干しだなと確信した。それから、湯気をたてる鉢に向いていた意識を真辺に戻した。

「信じてるの？　その話」

「とりあえずハッカーがいないことを証明しないと、否定もできないでしょ」

「そういうのは大抵、悪魔の証明と呼ばれる」

　たとえば白いカラスがいることを証明したいなら、一羽の白いカラスを連れてくればいい。でもいないことを証明したいなら、世界中すべてのカラスを調べて回らなければならない。非現実的な作業だ。

　真辺はナルトを口に運んで、頷《うなず》いた。

「でもそのハッカー、階段島にいるらしいよ。二〇〇〇人の中からみつければいいんなら、まだ楽じゃない？」

「楽ではないと思うけど」

僕は煮卵を食べるタイミングに迷いながら、ぼんやりと尋ねる。

「どうして階段島に凄腕のハッカーがいるんだろう？」

「なにかまずいことをして、誰かに追われているからこの島に逃げ込んだらしいよ」

「漠然とした話だ」

「でも、逃げ込んできた、っていうのがちょっと気になる」

「どうして？」

「私たちはみんな、自分の意思でこの島に来たわけじゃないでしょ」

「たぶんね」

階段島の住民たちは、島にくる直前の記憶を失っている。どうして階段島に来たのかわからないまま、いつの間にかこの島に迷い込んでいる。

「でもハッカーは、自分の意思で逃げ込んできたみたいだから。もしかしたら私たちより、この島に詳しいのかもしれない」

「確かに。可能性はあるね」

真辺は階段島と、外を繋《つな》ぐ方法を探している。勝手にこの島に連れてこられて、元いた場所に戻れないことに納得していないのだ。彼女自身が島から出たいということではなくて、全体的な構造の問題として。

「とりあえずハッカーをみつけるから、手伝ってくれる？」

ストレートに誘われて、僕は頷く。

「いいよ。冬休みの予定もとくにない」

イヴさえのんびりしたものだ。このままいくと、同じ寮の佐々《ささ》岡《おか》あたりとだらだら過ごすことになるだろう。

本音を言うと、僕は魔女をみつけ出したかった。

通販を止められるのはこの島を管理している魔女くらいだろう。魔女が通販を止めたのなら、なんらかの理由か思惑があるはずだ。人の理由や思惑をいちいち暴《あば》いて回りたいわけでもないけれど、通販が使えないのはやっぱり不便だし、最近抱えている個人的な悩みもあり、この機会に真面目《まじめ》に魔女を捜してみてもいいなと思っていた。

一方で、真辺を放っておくのも抵抗がある。すぐに無茶をするし、本人にその気がなくても敵を作りやすい女の子なのだ。僕になにができるわけでもないけれど、不安を押し殺してひとり魔女を捜すよりは、真辺と一緒に途方もないハッカー捜しをしている方が気楽だとも思った。

「どうやってハッカーを捜すつもりなの？」

「考え中。なにか良い方法がある？」

「任せるよ。僕に協力できることがあれば言ってよ」

「うん。じゃあ、やっぱり聞き込みかな」

「誰に？」

「噂になってるんだから、その出所があるはずでしょ？　島の誰かは、ハッカーのことを知ってるんだよ」

「なるほど」

理性的な方法でよかった。ハッカーがどこにいるのか、実在しているのかさえわからない状況だから、いきなり殴り込みにいくわけにもいかないけれど。

「安心したよ。もっと怒ってるかと思った」

「怒る？」

「ハッカーだかなんだか知らないけれど、通販を止めた相手を。真辺は頭に血が上ると手に負えないから」

牛くらいのサイズのねずみ花火みたいに暴れまわるのだ。ばちばちと火花を散らしながら。それで僕は、消火器を持って走り回ることになる。

「七草《ななくさ》の方が怒ると怖いと思うけど」

「そんな馬鹿《ばか》な。僕ほど温厚な高校生はそういないよ」

わりと本心だったけれど、真辺は軽く首を傾《かし》げて、それからラーメンをすすった。

「真辺。髪。スープにつきそう」

そう注意すると、彼女は極めて細くてまっすぐな黒髪をかき上げる。真辺由宇がもし繊細なものを持っているとすれば、それは髪質くらいだ。

「髪留めもってないの？」

「うん。ベリーショートにしようかな」

「君には長い方が合うと思うけど」

ともかくそんなわけで、僕は真辺と共に、凄腕のハッカーを捜すことになった。

＊

だけど僕のスケジュールは、ハッカー捜しだけでは終わらなかった。その日のうちにもうふたつ予定が舞い込んできたのだ。

一方は佐々岡からだった。僕がちょうど寮に戻ったタイミングで、ばたばたと足音を響かせて、彼が階段を駆け下りてきた。

こちらの顔をみるなり、佐々岡は大声を出す。

「ヴァイオリン持ってないか？」

――ヴァイオリン？

僕は首を振る。

「カスタネットだって持ってないよ」

「弦だけでいいんだけど。E線で、できればオリーブってブランドの」

「普通、弦だけ持ってるっていうことはないんじゃないかな」

　E線というのが細い弦なのか太い弦なのかも知らない。

「佐々岡、ヴァイオリン弾けるの？」

「オレじゃないよ。なんか切れたらしい」

「そりゃ大変だね」

　島に楽器屋なんてものはない。ネット通販が使えない今となっては、ヴァイオリンの弦一本手に入れるのも困難だろう。

「大変なんだよ。探すの手伝ってくれよ。そういうの得意だろ？」

「まったく得意じゃないけど、時間があるときならいいよ」

「急いでるんだよ。イヴの夜に演奏会があるらしくて」

　なかなか厳しい。イヴはもう二日後だ。

「少し先に延ばせないの？」

「無理だろ。イヴだぞ」

「別に新年会で演奏してもいいじゃない」

「新年って琴とかじゃないか？　ヴァイオリンはやっぱりイヴだろ」

　とはいえ、この島でヴァイオリンの弦を手に入れろといわれても、そんなことが可能なのかさえわからない。ギターを弾く人は知っているけれど、ヴァイオリンは思い当たらない。

「僕も探してみるよ。でも、ちょっと忙しいんだ。ハッカーのこともあるし」

「ハッカー？」

「知らない？　通販が届かなくなったのはハッカーのせいだって噂」

「ああ、なんか聞いたことあるな。でも今はヴァイオリンだよ」

通販の問題がどうにかなれば、ヴァイオリンの弦だって簡単に手に入る。とはいえ、明後日のイヴには間に合わないだろう。

――島で、ヴァイオリンの弦を持っている可能性があるのは誰だ？

考え込んでいると、背後から「ただいま」と声が聞こえた。

この寮の管理人――ハルさんと呼ばれる、二〇代前半の男性だ。彼は左手に紙袋を抱え、右手は大地《だいち》と手を繋いでいる。大地というのは、僕が知る限りこの島で唯一《ゆいいつ》の小学生だ。

「じゃあ頼んだぜ」

と言い残し、佐々岡が玄関に駆け寄っていく。彼は大きな声で、「ハルさん、ヴァイオリン持ってない？」と声をかける。

それを背中に聞きながら、僕は部屋に戻った。

みっつ目の予定は、委員長だった。

夜、寮に彼女から電話がかかってきて、少し驚いた。この寮に電話をかけてくる女の子は、これまでは真辺くらいだったのだ。

「折り入って七草くんにお願いしたいことがあるのですが」

と委員長は言った。

「なに？」

僕は軽く応《こた》える。

この島の学校に転校してきて――という表現が正しいのか、いまいち自信がないけれど、とにかく九月から柏原《かしはら》第二高等学校に通い始めて、彼女にはずいぶんお世話になった。面倒見のよい少女で、彼女から頼み事をされると断りづらい。

「実はクリスマスプレゼントを探すのを手伝って欲しいんです」

「いいよ。誰に渡すの？」

僕に相談するくらいだから相手は男性だろう、と思ったけれど違った。

「真辺さんです。まだ、あんまりよく知らないから」

真辺由宇が階段島にやってきたのは、ほんのひと月ほど前だ。でも僕は、小学校から中学校の途中まで彼女と同じ学校に通っていたので、わりと親しい。中学二年生の夏に彼女が転校していったときには、もう二度と会うこともないだろうと思っていたけれど、なんの因果かこうして階段島で再会して、今も仲良くやっている。

「真辺にはとりあえず、子供が好きそうなお菓子を渡しておくと喜ぶよ」

チョコレートかクッキーでいいんじゃないだろうか。あとは目が光るロボットとか音に合わせて踊る花とか、謎《なぞ》のギミックがついたおもちゃも好きだ。だいたい小学校低学年の男の子を相手にするくらいの気持ちでプレゼントを選ぶと間違いない。

「もうちょっとちゃんと選びたいです。これを機会に仲良くなれれば嬉《うれ》しいです」

「真辺の方はもう委員長と仲が良いつもりでいると思うけどね」

「そうかな？　たまに、壁を感じます」

「そういう子なんだよ。自分の感情を表現するのに無頓着《むとんちゃく》なんだ」

「でもやっぱり七草くんと話しているときとは違いますよね」

「まあ、僕は付き合いが長いから」

純粋に時間が築く人間関係もあるだろう。

少なくとも僕と真辺は、とくに気が合うわけではない。性格も価値観もまったく違う。僕たちがふたりで行動しているのはただの偶然で、なにかが少しでも違っていたなら、互いに見向きもしなかったように思う。

「ともかく、真辺さんにぴったりなプレゼントを選べなくて困ってるんです」

お店をみて回りたいから付き合ってもらえますか？　と彼女は言う。

「いいよ。いつ？」

　クリスマスプレゼントなら、もうあまり時間はないだろう。

「明後日の夜のクリスマスパーティで渡したいので、それまでに」

「パーティがあるんだ」

　そうか真辺も友人にパーティに誘われるようになったのか。なかなか感慨深い。小学校でも中学校でも、彼女は孤立しやすい女の子だった。真辺の方が変わったというよりは、単純に委員長の面倒見のよさが理由だろうけれど。

　言い訳するように、彼女は言った。

「七草くんを誘っていないのは、会場がうちの寮だからです」

　女子寮には原則、男子生徒は入ってはいけないことになっている。

「うん。こっちはこっちで、佐々岡あたりとゆっくり過ごすよ」

　大地もいることだし、たぶんハルさんがクリスマスケーキを買ってくるだろう。

　明日――二三日は委員長がアルバイトだというので、二四日の昼ごろに、彼女に会うことになった。

　電話を切って、僕は大きく息を吐き出す。

　なんだか、騒々しいイヴになりそうだ。

2　佐々岡　二四日までのこと

左耳にだけ突っ込んだイヤホンで、「Pollyanna」が鳴っていた。『MATHER』という古いRPGの曲だ。佐々岡はいつも、携帯ゲーム機に取り込んだゲームミュージックを流している。朝起きてから夜眠るまで、風呂《ふろ》に入るときと実際にゲームをしているときのほかは、いつも。

授業中でさえゲームミュージックを止めなくて済むのは、ありがたい環境だった。もちろん何度か注意されたが、担任の先生も変わった人だから、それほど強く叱《しか》られることもなかった。

生徒からトクメ先生と呼ばれている彼女は、いつも目元を覆《おお》う白いマスクで顔を隠している。この島に来る前になにかあったみたいで、素顔のまま教壇に立つのが怖ろしいのだと聞いた。可哀想《かわいそう》だなと思うけれど、教師がマスクをかぶったままでは、生徒のイヤホンも注意しづらいのだろう。

終業式の日、佐々岡はそのトクメ先生に呼び出されて、手短な説教を受けた。佐々岡にはしばしば学校をさぼる癖があり、それで叱られたのだ。

別に、学校が嫌いなわけではない。友人も多いし、授業にもついていけているし、トクメ先生にも不満はない。彼女の外見は確かに奇妙だけど、授業はわかりやすいし、なにより感情的に生徒を叱らないところがいい。きちんと筋道を立てて、理性的に注意してくれる。正しく反論すればそれを聞き入れるだけの余裕もある。佐々岡は「言い訳するな」という叱り方がなによりも嫌いだった。どうして事情の説明を簡単に拒絶できるんだ？　あまりにアンフェアだ。

クラスメイトにも先生にも不満はないのにたびたび学校をさぼる理由は、ただなんとなくというほかに説明のしようがない。いつもの通学路を歩いていると、ふと「学校とは違う場所を目指したらどうなるだろう？」と思いついてしまう。海を目指したら、山に登ったら、適当に目についた人の後をつけてみたら、どうなるだろう？

もしかしたら想像もできないような物語が始まるかもしれない。

悪の組織の取引現場に出くわしたり、秘密を抱えて逃げる美女を手助けすることになったり、異世界に繋がるワープゲートをみつけたり。

もちろん、そんなこと起こりっこないと知っている。でも、もしかしたら。そこまでフィクションじみていなくても、たとえば困っているお婆《ばあ》さんに手を貸すだけでもいい。怪我《けが》をして動けない猫の手当をするだけでもいい。学校の教室よりはもう少しドラマチックな現実が、どこかで待っているかもしれない。

そう想像してしまうと、もうダメだ。通学している場合ではなくなってしまう。ゲームミュージックのボリュームを上げて、装備を整えて「最初の村」を出るような気持ちで、あてもなくふらふらと、北へ南へとさまようことになる。

佐々岡はヒーローになりたかった。

物語の主人公になるチャンスを、探し続けていた。

馬鹿げているとわかっている。でも空が青いと、それだけで胸に希望が広がる。オレの人生がこんなにも平凡なはずがあるものか。そう思って、日常を逸脱したくなる。階段島に来てからは、その傾向が顕著だった。なんといっても「魔女がいる」と言われている島だ。机にかじりついて二次関数をあれこれいじっている場合じゃない。

でも海を目指そうが、山に登ろうが、現実はそう簡単には姿を変えない。

結局、「あまりに欠席が目立つと、学校としては進級させるわけにはいかなくなりますよ」と叱られただけだった。

職員室を出た佐々岡は、Pollyannaと共に廊下を歩いた。Pollyannaはゲームの序盤の、主人公が独りきり旅しているあいだだけフィールドで鳴る音楽だ。ちょっと落ち込んだとき、佐々岡はこのゲームミュージックをよく流す。たった独りで旅に出る主人公を励ますように、Pollyannaは優しく、明るい。エイトビットのぽこぽこと軽い音で、なのに感傷的に沁《し》み込むメロディラインで、なんでもない景色を少しだけ輝かしいものにみせてくれる。

校舎を出たところで、右耳に、別のメロディが入ってきた。どこか遠くで鳴っているのだろう、小さいけれど、品のあるメロディだ。佐々岡はもちろんPollyannaの方が好きだったけれど、なんだか高価そうな音だなと感じた。

――この音を追いかけたら、どうなるだろう？

そう、思いつく。

この先になにか、特別な冒険が待っているだろうか？　佐々岡のための物語があり、佐々岡の助けを求めている誰かがいるだろうか？

かすかな希望を胸に、その日もまた、佐々岡はくるりと方向を転換した。

階段島は学生の数が少ないから、中等部も高等部もひとつの学校に入っている。メロディが流れてくるのは、三つ並んだ校舎のうち、中等部が使っているもののようだった。二階か三階。上の方から聞こえる。

いかにも神聖な、ゆったりとしたその曲には聞き覚えがあった。合わせてふんふんと口ずさむことさえできた。きっとクラシックファンのあいだでは、コカコーラやマクドナルドみたいにメジャーな曲なのだろう。でも佐々岡はタイトルを知らなかった。CMかなにかで聞いたことがあるな、と思っただけだった。

この澄んだ弦楽器の音は、ヴァイオリンだろう。ひとりで演奏している。ピアノの伴奏なんかもない。繊細な、でも力強く伸びていくメロディ。なんだか感傷的で、その一点だけで、Pollyanna との取り合わせも良い。

佐々岡は中等部の校舎に入り、メロディに合わせて階段を上る。でも踊場に差し掛かったとき、ひどく中途半端《はんぱ》なところで、ヴァイオリンは止《や》んでしまう。

——どうして？

途中で飽きたのだろうか。佐々岡はそのまま階段を上り、廊下の左右を見渡した。ヴァイオリンの音は、たぶん右手の方から聞こえた。そちらにはいくつか教室が並んでいる。ドアのうちのひとつに「音楽室」とプレートが出ているのをみつけて、そこだろうと当たりをつけた。

ドアの前に立って、しばらく迷ったけれど、思い切って開く。

がらんとした教室にひとりだけ、ヴァイオリンを手にした女の子が立っている。ピアノの隣、白いカーテンがつるされた窓際《まどぎわ》だった。驚いた様子で顔をこちらに向けている。

佐々岡は頭を掻《か》いて、「あー」と意味もなく呟《つぶや》いて、音楽室に足を踏み込む。

「さっきの、なんて曲？」

少女はしばらく、ぽかんとこちらをみていた。水族館で泳ぐキリンをみつけたような顔だった。それから、小さな声で答えた。

「アメイジング・グレイス」

「へぇ。なんか恰好いいね。ハリウッド映画のタイトルにありそうだ」

「神の恵み、みたいな意味らしいです」

「そ。あんまり綺麗《きれい》な曲だったからさ。つい聴きにきちゃった」

もう弾かないの？　と佐々岡は尋ねる。

少女は両手で抱きしめるように持っていたヴァイオリンに視線を落とす。

佐々岡の同級生たちに比べても幼くみえる女の子だ。中等部の生徒なのだろう。ほっぺたがふっくらしていて、少し赤い。鼻が低くて、丸っこいけれど、口と目は綺麗で美人にみえた。とくに眉毛《まゆげ》の形がいい。きりりとしていて、意思が強そうだ。

少女の顔を間近でみて、それで、気づいた。

瞳《ひとみ》に涙が溜《た》まっていた。

「弦が切れちゃったんです」

確かに彼女のヴァイオリンは、弦の一本が切れていた。いちばん細いものだ。

「替えはないのか？」

「はい。結構、高いから」

「そっか。困ったな、通販も使えないし」

彼女は頷いた。あるいは一層深く、うつむいただけだったかもしれない。

「イヴのパーティで、演奏することになってたんですけど。これじゃ――」

小さな声で、後ろの方は聞こえなかった。

一瞬、躊躇う。でもどうしようもない衝動で、佐々岡は宣言した。

「じゃあオレがみつけてきてやるよ」

だって音楽室で、後輩の女の子が、独りきり泣いているんだ。そんなもの助けるしかない。佐々岡が憧《あこが》れている物語の主人公たちなら、間違いなくそうする。

驚いた様子で、彼女は顔を上げる。

「心当たりがあるんですか？」

「いや、ないけど。島の誰かがもうひとりくらいヴァイオリンを弾いてもおかしくないだろ。とにかくイヴのパーティまでに弦を一本みつけてくればいいんだ」

少女は全音符の表現みたいな、長い息を吐き出した。呑気《のんき》な態度に呆《あき》れてしまったのかもしれない。

「簡単にはみつからないと思います。ゴールドスティールじゃないとバランスが悪いし、できたらメーカーも」

「よくわかんないけど、いろいろこだわりがあるわけだ」

「オリーブっていうブランドの弦を使っていて、やっぱりそれじゃないと難しいです」

「オリーブの、いちばん細い弦」

「E線っていいます。1番線っていうこともあるけど」

「弦じゃなくて、線なんだ」

「どっちでもいいと思うけど、だいたいは。『G線上のアリア』とか、聞いたことありませんか？」

「聞いたことくらいならある。あれ、ヴァイオリンの弦のことなんだ」

「G線はいちばん太い線で、いちばん高いです」

「あとの二本は？」

「A線と、D線」

「どうしてA、B、C、Dじゃないんだろ。わかりにくくない？」

「ドイツの音名から取ってるらしいです」

なるほど。ヴァイオリンはドイツの楽器なのだろうか？　でもあまりに話を逸《そ》らしすぎてもなんだから、尋ねるべきことを尋ねる。

「クリスマスパーティって、どこであるの？」

「うちの寮です。クローバーハウス」

クローバーハウスなら知っている。友人がひとり、その寮にいるのだ。

「パーティは、何時から？」

「夜の七時だったと思いますけど」

「じゃあそれまでに、オリーブのE線をみつけてくれればいいわけだ」

彼女はしばらくためらって、それから首を振った。

「みつからないと思います。ヴァイオリンを弾いてる人なんか知らないし」

「わかんないだろ、探してみないと。きっとみつかるよ」

「どうして」

「だって、イヴだろ」

当たり前だ。そうでなければ、おかしい。奇跡が起こらないクリスマスイヴなんてあってはならない。

「きっとサンタクロースがオリーブのE線を持って来てくれる」

ちょっと探してみるよ、と軽く手を振って、佐々岡は彼女に背を向けた。

それからにたりと笑う。そうそう、こういうのだよ、と胸の中で頷く。

ここで華麗にE線をみつけてくれれば、なかなか主人公っぽい。雪が降っていたらもっといい。携帯ゲーム機から流れる音楽を「引けない戦い」に切り替えて、音楽室のドアを閉めたとたんに駆け出した。

少女が泣いていたから、佐々岡はヴァイオリンのE線を探している。

3　水谷　二四日までのこと

水谷《みずたに》にとって目下の問題はクリスマスプレゼントだった。

安いものでいい、気持ちのこもったプレゼントを、クリスマスには友人たちに贈ることにしている。そのためにアルバイトにも力を入れたし、「あの子が気に入るものはなんだろう？」といくつもの通販サイトをみて回ったりもした。

先週には一通り、これだと決めたプレゼントを注文していたのだ。ラッピングまで選んで。クリスマスの時期は配送が混み合うことだって知っていたから、一〇日も余裕をみた。なのにそれでも遅すぎた。

通販の商品が届かなくなった事件で、水谷の計画は崩壊した。もう数日後に迫ったイヴには、寮でクリスマスパーティを開くことになっている。せめてそこに呼んでいる友人たちのぶんだけでもプレゼントを揃《そろ》えたかった。ショッピングモールどころかまともに商店街もない島の中で、なんとか良いものをみつけるしかない。

それでもよく知っている友人へのプレゼントであれば、どうにか納得いくものがみつかった。写真が好きな子には洒落《しゃれ》たデザインの写真立てを、絵を描く子にはちょっと豪華なスケッチブックを、音楽に打ち込んでいる子には音符を模したストラップを。方向性がわかっていれば、意外と「これだ」というプレゼントに巡りあえるものだ。問題はひと月ほど前に出会った、あまり深い付き合いには至っていない友人だった。

真辺由宇へのプレゼントだけ、どうしても決まらない。

水谷にとって、真辺は決して気の合う相手ではなかった。生真面目なのは欠点ではないけれど、ときどき常識がないなと感じることがあるし、話し方もなんだか攻撃的で壁がある。クラスの中にも「真辺さんには話しかけづらい」という雰囲気がすっかり出来上がっている。さらに問題なのは、真辺本人が、それを気にしている様子がないことだ。同級生たちに無関心で、その態度は周囲を見下しているようにみえる。

たとえば、こんなことがあった。


二週間ほど前、クラスメイトのひとり――野崎《のざき》という名前の少女から、少々乱暴な口調で真辺由宇に関する愚痴を聞かされた。

野崎は友人数人と共に、真辺を誘ってこの島にある数少ないカフェのひとつを訪れたそうだ。「ケーキ食べようよ」と声をかけると、真辺もすんなりとついてきたらしい。たぶん本当に、純粋にケーキを食べたかったのだろう。

野崎は「さばさばしている」とか「男っぽい」と形容されることが多い少女だ。水谷にしてみれば、その評価は的を射ているとは言い難いけれど、野崎自身が男性的にみられることを望んでいるようなので同調していた。きっと本当は繊細だから、がさつなふりで自己防衛している方が楽なのだろう。

野崎はそんな性格だから、少し口が悪い。おそらく本人には陰口というつもりもないまま、ただありふれたエンターテインメントとして、誰かを非難するような言葉をよく使う。水谷も彼女と話すのがあまり好きではないけれど、それでも友人だとは思っていた。露悪的というか、気恥ずかしくてつい純白のドレスを汚してしまいたくなるような感情は、理解できないでもない。

でも野崎と、あの真辺由宇の相性がいいはずなんてなかった。あるいは野崎の方は、真辺が自分の同類だと思い込んでいたのかもしれない。確かにクラスでの真辺は、さばさばした少女にみえる。野崎よりもよほど。

言葉を選ばなければ、野崎の人格は見透かされて、呆れられて、表面だけ取り繕った優しさに守られて成立しているのだ。わかりやすい演技だけどわざわざ指摘して雰囲気を悪くするのもよくないし、別にそれで問題が起こるわけでもないのだからそっとしておこう、とみんなが判断している。

水谷はこういう人間関係が、間違っているとも、歪《ゆが》んでいるとも思わない。むしろ人としてまっとうだ。打算的に、自分本位に考えてみると、友人とは本音で語り合うよりも、できるだけ優しく、嘘《うそ》でも友好的に接した方が得だとわかる。性善説を信じる必要も、神さまの目に怯《おび》える必要もない。ただ効率的に生きようとするだけでみんな善人になれる。社会というのはよくできている。

　でも真辺由宇は利害関係を取っ払って、あくまで自分の価値観に忠実に行動する。野崎と向かい合ったら、平然と彼女の言葉に反論し、打ち負かし、相手が怒っても泣いてもその理由を気にも留めないだろう。事実、カフェではそういうことがあったらしい。ランチタイムに、野崎と彼女の友人たちから真辺への陰口を聞いた水谷は、その場では「困った子ですね」と苦笑するだけに留めた。

　もちろん野崎たちが真辺を過剰に悪者にしているのはわかったけれど、どちらにより問題があるかといえば、やはり真辺の方だろうと水谷も思った。

　彼女には社会性が欠落している。

　言ってみればまだ子供で、常識がない。

　水谷は真辺由宇の問題を、できれば自分の手で改善したいと思った。そりゃ、人格をそっくり取り替えてしまうようなことはできないけれど、日々をもう少しだけ平穏に過ごす手伝いならできるのではないか。

　だから放課後、真辺に声をかけた。

「野崎さんたちとケーキを食べに行ったんですよね。どうでしたか？」

　彼女は表情も変えずに答える。

「美味《おい》しかったよ。季節のフルーツタルト」

イチゴがメインだった、と彼女は言った。

仕方なく水谷は、もう少し踏み込む。

「口論になったたって聞きました」

真辺は、心の底から不思議そうに首を傾げる。

「そんなことないよ。でも、野崎さんは何か困ってるみたいだったけど、事情は教えてくれなかったな」

「困ってる?」

そんな話は聞いていない。

「怒ってたから。なにも問題がないと怒らないよね」

なるほど。そういう思考になるのか。

「問題がなくても、怒ることはありますよ」

「そうなの? どんな時?」

「それは――」

上手《うま》く説明できない。

でも、やっぱり怒るのと困るのは違う。まったく別物だ。

「とにかく、あるんです」

「原因もなく怒ってるってこと？　それとも、どうしようもないことで怒っているのかな？」

「どちらかといえば、後者です」

「なるほど。でも、どうしようもないことなんて、それほどないと思う。一人じゃ難しいことだって、相談してみたら解決するかも」

もう少し詳しく話を聞いてみようかな、と真辺はつぶやく。

野崎が怒っている理由のひとつが自分自身だなんて、彼女は想像もしていないようだった。問題の根が深くて、ついため息がもれた。

とにかく小さな子供を相手にするのと一緒で、真辺の疑問にひとつひとつすべて答えていたらきりがないことはもう知っていた。水谷は本題を告げる。

「真辺さんはもう少し、思いやりを持った方がいいと思います」

「なかなか難しいことをいうね」

真辺は顎《あご》の辺りに手を当てて、なにか考え込んでいるようだった。

「思いやりって、要するに相手のことを考えろってことだよね？」

「まあ、そうですね」

「野崎さんは怒っているようだったから、私はその原因を取り除きたいと思った。これは思いやりではないの？」

「違います」

いや、違うとも断言できないけれど、やっぱりずれている。

いいですか、と人差し指を立てて、水谷は答える。

「思いやりというのは、相手の価値観で物事を考えることです」

なかなか良い事を言った気でいたけれど、真辺は首を傾げる。

「相手の価値観がわかるまでは、どうしたらいいの？」

「普通に接していればいいんですよ。なんとなくわかりませんか？　周りの雰囲気を察するとか、一般常識に基づいて判断するとか」

「常識って、人それぞれ違うものじゃない？」

「違うと常識になりませんよ。みんなが共有しているから常識です」

「そうかな」

真辺はまた首を傾げた。

「あんまり、常識っていう言葉に納得したことはないよ。わかりやすくリストになってるわけでもないし」

いや、あるのだ。常識というリストは。人によって多少内容が違ったり、表現に揺らぎがあったりするけれど、でもだいたい同じことが書かれている。

なのに彼女は、そのことを理解してくれない。

「わかり合うには、それぞれ自分の価値観で話をした方が手っ取り早い気がする。お互いが自分を隠していたら、いつまでもわからないままだと思う」

「そんな考え方だから、野崎さんと口喧嘩《げんか》になるんですよ」

「喧嘩したつもりはないけど」

「貴女《あなた》になくても、向こうにはあります」

「そっか。ありがとう、水谷さん。ちょっと野崎さんと話をしてみるよ」

なぜ感謝されたのか、咄嗟《とっさ》には理解できなかった。しばらく言葉を詰まらせて、思い当たる。彼女からは水谷がふたりの仲裁に入ろうとしているようにみえるのだろう。

真辺由宇は他人の悪意や不快感に無頓着だ。そんなこと知っていたはずなのに、やっぱりこちらの感情がないがしろにされているような気がして、もやもやする。

――わかった。この子は。

本質的に、他人に無関心なんだ。

だから常識も人間関係も無視して、自分の考えだけで行動している。

社会的じゃない。とても我儘《わがまま》だ。そのことが、なんだか気持ち悪い。

つい怒気を含んだ声で、水谷は言った。

「まずは相手に合わせようとしてください」

「わかった。考えてみる。でも」

でも、じゃない。そう言いたかった。

なのに真辺は、簡単に言い放つ。

「人に合わせてばかりだと、自分にできることがわからなくなるよ」

ああ彼女には何も伝わらないんだ、と水谷は感じた。


結局、真辺と野崎の問題は、彼女の友人――七草がなんとかしたようだ。いったいどんな魔法を使ったのか、あの真辺を言い包《くる》めて、野崎と距離を取らせることに成功していた。

――でも、このままだといけない。

きっと真辺はまた、別の誰かとぶつかって、新しい問題を起こすだろう。少しずつでも性格を改善していくべきだ。

たぶん彼女はこれまで、あまりクラスメイトと関わってこなかったのだと思う。だから我儘な生き方に慣れてしまっている。常識を理解できないのは、ずっと独りきりだったからだ。

まずは、彼女に友達を作らなければいけない。

クリスマスパーティは大きなチャンスだ。

その計画を円滑に進めるために、水谷は最適なプレゼントを探している。

4　時任　午前七時

階段島の東端には港があり、港には灯台がある。

灯台の隣には、小さな二階建ての木造家屋がぽつんと建っている。壁は白く、屋根は赤い。でも屋根の方は日に焼けて、赤の上から水に溶かした白い絵の具をぶちまけたような、かすれた色になっている。

この小さく古びた建物が階段島唯一の郵便局で、そこには唯一の郵便局員、時任《ときとう》が暮らしている。本来は二階部分が居住空間だが、冬場は一階にある「スタッフルーム」というネームプレートがついた狭い和室にこたつを出し、そこで寝起きしている。

彼女は決まって七時に目を覚ます。パジャマのままで軽く柔軟体操をして、風呂に入って、ついでに歯を磨き、仕事着に着替えてからほんの薄く化粧をする。それから最後に、ぱんと両頬を叩《たた》いて眠気を追い払う。晴れでも雨でも誕生日でも、今日みたいにクリスマスイヴだったとしても変わらず、時任の朝は同じように始まる。

いつも通りに準備を終えた時任は、郵便局を出て、一二月の朝の刃物みたいな空気に身体《からだ》を震わせながら、「速達用」と呼ばれるポストに近づいた。

この島の郵便物は、基本的には回収した翌日に配達することになっている。でもこのポストだけは違う。朝のうちに回収し、すぐにスタンプを押して、その日の配達ぶんに加える。とはいえこの狭い島で一刻を争うような手紙なんてそうそうない――急いでいるなら相手に直接会った方が早い――から、わざわざ海辺にあるポストまで足を運ぶ人は少ない。五、六通も入っていれば多い方で、からっぽの日だってよくある。

時任はなんの期待も不安もなく、ポストの小さな鍵穴《かぎあな》に、同じく小さな鍵を差し込んだ。二度ひっかかって、ようやく回って、さびついたふたがきぃと音を立てる。

そして。

そこに詰め込まれた、何百通もの封筒を目にして、絶句した。

クリスマスカラーということなのだろう、赤い封筒と緑色の封筒が多い。でも数が足りなかったのか、子供っぽいイラストがついた封筒や、ただ白い封筒も混じっている。そしてそれらの封筒には丁寧に「メリークリスマス」と書かれている。

おそらく中身はクリスマスカードだろう。どこかの誰かが、二四日に届くように、わざわざ深夜か早朝に速達用ポストに詰め込んだのだ。

時任はため息をついた。

――まったく。年賀状かなにかと勘違いしてるんじゃない？

クリスマスカードというのは、イヴの当日に届けるものではない。一二月の上旬になると送りはじめ、届いたカードはクリスマスまでリビングかどこかに飾っておく。ぱちぱちと薪《まき》が燃える暖炉の上のコルクボードなんかに。よく知らないけれど、たぶんそうだったはずだ。

——今日中に、これを全部届けろっていうの？

階段島は狭い島だ。とはいえひとりきりでこれだけの数の手紙を配りきるのはなかなか厳しい。年賀状の時期は忙しくなるのが目にみえているから学生のアルバイトを雇うことにしているが、クリスマスカードに関しては油断していた。いつからこの国は聖誕祭に敬意を払うようになったのだろう？　クリスマスというのは、子供たちはケーキを食べてプレゼントをねだり、それなりの歳《とし》になると恋人と共に過ごす——そのために慌《あわ》てて相手をみつくろったりする——だけのカジュアルでハッピーなイベントではなかったのか。信仰心まで欧米化する必要はないのだ。

だが、やるしかない。投函《とうかん》された手紙は必ず届ける。それがクリスマスカードだったなら、できる限りイヴのうちに届ける。郵便局員として、プロフェッショナルとして、やり遂げなくてはならない。

時任はクリスマスカードを抱えて郵便局に戻り、ひたすら消印を押しながら大雑把に仕分けした。それから赤いプラスチック製のレターボックスに手紙を詰め込んで、入りきらなかったものはリュックに入れて、えいやと駆け出す。レターボックスを赤いカブのリアキャリアにしっかりと固定し、白地に赤いラインが入ったヘルメットをかぶる。

——なんにせよ。

と、彼女は内心でつぶやく。

まずは朝食だ。

＊

いつものように勢いよくアリクイ食堂のドアを引き開けると、いつものようにカウンターの向こうの店主が不機嫌そうに言った。

「ヘルメット取りな」

時任は顎の下のベルトを外しながら注文する。

「いちばん早く出てくるやつ」

「卵かけごはんだね」

「それ。あと、身体が温まるやつ。すぐできる？」

「急いでるの？」

「まあね」

店主がカウンターに、お茶が入った湯呑《ゆのみ》を置いた。時任はその席に座る。

「今朝、大量のクリスマスカードが投函されて。あ、おばちゃんのもあるよ」

「おばちゃんっていうな。それほど変わらないでしょ、あんたも」

「四歳は大きいよ。三十路《みそじ》とか信じられない」

時任は二七歳で、アリクイ食堂の店主は三一歳。毎朝ここで朝食を摂《と》ることに決めているため、姉妹のように仲がいい――と、少なくとも時任は思っている。

店主が手早くよそったごはんと、生卵と、トン汁と、切り干し大根の煮つけと、市販の味付け海苔《のり》をカウンターに並べる。代わりに時任は、彼女のぶんのクリスマスカードを差し出した。

店主は訝《いぶか》しげにその封筒を裏返した。

「誰からだい？」

「知らないよ、そんなの」

封筒に差出人の名前は書かれていない。

「開けてみたらわかるんじゃない？」

「そうするよ。モーニングの客が一段落したらね」

「モーニングってメニューじゃないと思うけど」

卵かけごはんとトン汁は「朝食」もしくは「朝ごはん」と呼んで欲しい。

時任は生卵に少しだけ醤油を入れ、かき混ぜて、ごはんにかけた。それからさらにひと回し醤油を加える。こうやって味のむらを作って食べるのが好きだ。

トン汁に口をつけようとして、湯気でむせていると、店主が言った。

「あ、今夜は店、閉めるよ」

「どうして。クリスマスなんて飲食店は大忙しでしょ」

「煮魚と日本酒でイヴを祝おうって気になるかい？」

「唐揚げくらいメニューにあるでしょ。私のディナーはどうなるの？」

「彼氏に手料理でも食べさせてやりなよ」

「いないよ。この島は、私には狭すぎる」

卵かけごはんをかき込んで、それからぴんときて、尋ねた。

「おばちゃんは彼氏？　いつ作ったの？」

「違うよ。言い寄ってくる男どもは多いけどね」

「ああ、お爺《じい》ちゃん受けいいもんね」

「もっと若いのも。私は船乗りたちのアイドルだよ？　昨日もプレゼント貰《もら》ったし」

「どうせカワハギかなんかでしょ」

「いいや。でっかい石鯛《いしだい》」

「だいたい合ってるじゃない」

時任は一口で切り干し大根を口に押し込み、トン汁をすする。それから味付け海苔をちぎって、卵かけごはんに振りかけた。途中で味を変えるのが良い。

指についていた海苔の欠片《かけら》をなめとって尋ねる。

「で、どこ行くの？」

「女の子たちのパーティ」

「三十路はさすがに女の子じゃないでしょ」

「私は呼ばれただけ。相手は学生だよ」

「バイトの子？」

「そ。イヴの夜くらい店を閉めてもいいかなってね」

「どうして私は誘われてないの？」

「知らないよ、そんなの」

店に新たな客が入ってきて、店主がそちらの相手を始めたので、時任は集中して卵かけごはんをかき込む。すべての器を空にして、それからお茶をすすって、店主に「ごちそうさま」と声をかけた。

「食べるの早いよ、あんた」

「急いでるの。お会計ここね」

「事故起こさないでよ」

ヘルメットをかぶりながら店を出た。ふん、と気合を入れてカブに跨《また》がる。

大量のクリスマスカードを配るため、時任は走り出す。

5 七草 午後一時

そのイヴの日、僕は昼食の時間になるころに目を覚ました。

今年のイヴは珍しく予定が詰まっている。真辺がハッカーを捜すのに付き合い、佐々岡がヴァイオリンのE線を探すのに付き合い、委員長が真辺へのクリスマスプレゼントを探すのに付き合う。ついでに僕は魔女をみつけ出したいと思っている。みんな探し物ばかりしている。

あまり時間がなかったので、僕はハルさんが用意してくれたオムライスを急いで食べた。チキンライスを覆う玉子が少しやぶれていて、それを強引にケチャップで隠していたけれど、味は悪くなかった。

エプロンをつけたままのハルさんが、申し訳なさそうに笑う。

「あまり焼きすぎるとおいしくないと思って、ちょっと慌てちゃったんだ」

こういうときに僕は、少しだけくちごもってしまう。

純粋に、相手への肯定や好意を示す言葉を探すけれど、上手くみつけられないのだ。フェイスブックの「いいね」みたいなボタンがそこかしこに用意されていたらいいのに。

僕は結局、「とてもおいしいです」とだけ答える。

イヴはみんな忙しいようで、食卓にはいくつかの空席がある。佐々岡もすでに寮にはいない。

僕も食事を終えるとすぐに席を立ち、空いた皿をキッチンに運んで、部屋に戻って出かける準備をした。

まずは真辺と顔を合わせて、互いの予定を確認することになっている。約束の時間は午後一時で、僕が寮の玄関を出たのはその数十秒前だった。遅刻ではない。彼女の寮は真向かいにあるから、玄関を出ればそこが待ち合わせ場所だ。

真辺はすでに門の前に立っていた。濃紺色のピーコートを着て、真っ白なマフラーを巻き、両手に息を吹きかけていた。白いマフラーは濃紺色のコートによく合っていたけれど、でも真辺はすぐに汚してしまうんじゃないかと、そんなことが気になった。

小走り気味に、彼女に近づきながら声をかける。

「お待たせ。メリークリスマス」

彼女は顔を上げて、少しだけ笑う。

「メリークリスマス」

ふたり並んで歩き出す。

真辺は、イヴだというのに、さっそく本題に入った。

「七草は、クリスマスの七不思議って知ってる？」

「ああ」

つい最近、聞いた。階段島にはクリスマスに関する七つの不思議な噂があるらしい。イヴの夜には必ず雪が降るとか、魔女の手先たちが集まってパーティを開くとか。その噂に関しては、僕も気になっていた。

「たしか七つの中に、ハッカーに関する噂もあったね」

「うん。内容は、前から知ってたのと同じだけど。悪いことをして階段島に逃げ込んだハッカーがいるっていう話」

不思議なことだ。

階段島にクリスマスの七不思議があるのは構わないし、ハッカーの噂が出回っているのもそれでいい。でもそのふたつを、ひとまとめにするべきではない。クリスマスの七不思議という名前に反して、ハッカーの噂は一二月二四日も二五日も関係ない。

そんなことを言ってみると、真辺は軽く首を傾げた。

「わからないけど。でも、ちょっと説得力があると思う」

「どうして？」

「だってみんな嘘なら、もっとクリスマスっぽい話にするでしょ。まったく無関係な噂が混じってるのは、それが真実だからかもしれないよ」

説得力は感じない。

けれど、真辺が調べたいというのなら、止める理由もない。

僕は真辺由宇の鎖になりたいわけではない。もし彼女がとても危ない場所に踏み込もうとしたなら、そっと抱き止められる場所にいたいだけだ。ライ麦畑のキャッチャーみたいに。

それが、途方もない目標だということはわかっている。あるいは噂だけの凄腕ハッカーを見つけ出すよりも、ずっと。だとしても致命的に失敗するまでは、とりあえずそちらを目指して進もうと決めている。

僕は頷いた。

「わかった。じゃあ、まずは七不思議について調べてみよう」

「うん。どうすれば調べられる？」

「このあと、委員長に会う予定なんだ。彼女ならなにか知ってるかもしれない」

委員長は交友関係が広い。七不思議なんてもの、おそらく学生を中心に広がったのだと思うから、彼女なら出所に近いところにいるかもしれない。

「私もついて行っていい？」

「いや――」

委員長は真辺へのプレゼントを探すのだから、さすがに本人を連れていくわけにはいかない。

僕は急速に冷えていく指先をこすり合わせながら、話題を変える。

「そういえば、クリスマスパーティに呼ばれてるんだよね？」

「うん。でも七時からだから、まだ余裕あるよ」

真辺は獲物を狙《ねら》う猫みたいに、僕の指先をみつめていた。なんでもじっくりと注視する癖のある女の子なのだ。本当に爪《つめ》をたてられると思ったわけでもないけれど、僕は両手をポケットに突っ込む。

「パーティ用のプレゼントは用意した？」

「みんなで食べられるお菓子は持っていくつもりだけど」

「招待してくれた相手くらいには、なにか贈っておいた方がいいよ」

「そういうもの？」

「うん。なんでもいいから。プレゼントが貰えなくて悲しむ人がいたとしても、貰って怒る人はいない」

本当はいるかもしれないけれど、少なくとも委員長は怒らないはずだ。

「わかった。聞き込みのついでに探してみる」

「誰に話を訊《き》くの？」

「決めてないけど。やっぱり、古くから島にいる人かな。クリスマスの七不思議が出回り始めた時期も気になるし」

僕たちは路地からメインストリートに出る。

イヴといっても、階段島の街並みは普段とほとんど変わりない。電飾も目につかず、ケーキを売るサンタクロースもいない。

でも「バネの上」という名前のカフェへと続く螺旋《らせん》階段の前にひとつだけ、迷子のように、小さなクリスマスツリーが置かれていた。

僕と真辺は一、二時間後にまた落ち合う約束をして、そのツリーの前で別れた。

＊

これは比喩《ひゆ》だ。

ひと月ほど毎晩、同じ夢をみている。

僕は小さな公園にいる。ポケットには、金貨が一枚入っている。星が刻まれた金貨でとても高価なものだ。僕はその価値を知っている。その金貨があれば、なんだって買える。夢だって幸福だって、なんだって。

一枚の金貨が、僕の財産のすべてだ。だから僕は、それを大切に持っている。

やがて、公園にひとりの少年がやってきて、叫び声をあげる。

「金貨を盗んだのはだれだ」

少年はまっすぐに僕をみている。

僕はポケットに手を入れてみる。そこには硬い金貨が、確かに入っている。

少年はまた叫び声をあげる。

「金貨を盗んだのはだれだ」

でもこの金貨は僕のものだ。誰からも盗んでいない。僕は悪くない。なにひとつやましいことなんてない。

少年はゆっくり僕に近づいてくる。彼は僕が金貨を持っているのだと知っている。まっすぐに睨《にら》みつける目には強烈な怒気がやどっている。僕に心底、腹を立てているのだ。金貨を盗んだから。名乗り出ないから。その怒りは殺意のようでさえある。

目の前で足を止めて、少年は言う。

「返してくれ。それは僕のものじゃないんだ。一時的に預かっているだけなんだ」

そして僕はふいに思い出す。

――この金貨は僕のものじゃない。

いつの間にか、手に入れた気になっていただけだ。

他人のものを勝手に、自分のものだと思い込んでいただけだ。

なのに僕はポケットから、金貨を取り出せない。ひどく不快な気持ちになる。怖ろしくて背筋が震える。少年はまだ僕を睨みつけている。これは比喩だ。

6　佐々岡　午後一時三〇分

イヤホンからは「EVAC INDUSTRY ─ 審判の日」が流れていた。

佐々岡は争いが目につかない静かな島を、だが戦場を駆け抜けるつもりで走る。

澄み渡った冬の空の向こうに雷雲があり、その中に倒すべき魔王の城があるのだとイメージする。音を忘れた伝説の音楽家に黄金の弦をプレゼントすれば、魔王城へと続く虹《にじ》の橋をかけてくれる。

もちろん、魔王なんていないと知っている。でも想像は自由だ。それに魔王を倒すのと女の子を笑わせるのにどれほどの違いがある？　どちらも同じように、物語のエンディングにはうってつけだ。

佐々岡は手あたり次第に「音楽をやっている奴《やつ》を知らないか？」と尋ねて回った。

多少の勝算はあった。音楽家というのは横のつながりが強いものだと予想していた。奴らはすぐにセッションする。音楽をやっている奴を辿《たど》れば、ヴァイオリン奏者に辿り着くのではないか。でもいざ行動してみると空振りばかりだった。それっぽい情報が手に入ったと思ったら、正体は佐々岡が弦をプレゼントする予定のあの少女だ。

昨日も一日中、狭い島の中を走り回ったのに手がかりはない。

これだから現実は嫌いだ。努力が正当に評価されない。解決手段が必ず用意されているゲームにはない不安がつきまとう。佐々岡は不可能という言葉が大嫌いだった。でも、諦《あきら》めるわけにはいかない。だいたいが重要アイテムなんてものは、時間ぎりぎりになって手に入ると決まっているのだ。そうでなければ、盛り上がらない。

前方に「うえお軒」をみつける。

うえお軒は屋台のラーメン屋だ。その屋台を引いているのは乃木畑《のぎはた》さんという四〇歳ほどのおじさんで、実は佐々岡のゲーム仲間だった。まだ昼食時だけど、やっぱりイヴに屋台のラーメンを食う気にはなれないのか、今は客がいない。

空き缶を灰皿代わりにタバコを吸っていた乃木畑さんに、「どうも」と声をかける。

彼は煙を吐き出して、笑った。

「よう。昼飯か？」

そういえば腹は減っている。

「奢《おご》ってくれます？」

「ふざけんなよ、こっちもかつかつでやってんだ」

麺の大盛りくらいはサービスしてやるよ、というから、大人しくベンチに座る。

効率化なのか面倒なだけなのか、うえお軒は道端に設置されているベンチの前で店を出す。公共のベンチを私物化しているが、この島ではそれを怒る人もいない。

乃木畑さんは空き缶にタバコをつっこんで、麺をゆで始める。彼に向かって、佐々岡は尋ねた。

「音楽家の知り合いはいませんか？」

「音楽家？」

「ヴァイオリンの弦を探してるんですよ」

「ヴァイオリンは知らないな」

「他のは知ってるんですか？　ギター？　ピアノ？」

そのふたつの経験者が圧倒的に多い。ほかにはベースとドラム。こちらはロックンロールバンドだ。ジャズのトランペットを吹くおじさんにも会った。でもヴァイオリンはまだいない。

乃木畑さんは、首を振って答える。

「どっちでもない。知らないか？　ミュージシャンの噂」

「いえ。ミュージシャン？」

「音ゲーの超絶プレイヤーが、たまにガレキに出るんだよ」

ガレキとは、正式には「GARAGE KID」という名前のゲームセンターだ。ガレージにアーケードゲーム機を何台か並べただけの店とも呼べないような店で、普段は店員さえいない。隣のコンビニの店長が、ほとんど趣味でやっているらしい。

「ゲーマーはヴァイオリンを弾かないでしょ」

「ところがそいつの本業が、音楽家だって噂がある」

「この島に音楽家なんているんですか？」

「元だよ、元。オレだって元は超絶プログラマーだ」

「嘘でしょ」

「ホントだって」

「どうして超絶プログラマーがラーメン屋やってるんですか」

「美味《うま》いラーメンを作るプログラムを書いてたら、こっちに夢中になったんだよ」

「なんですか美味いラーメンのプログラムって」

「現実で起こることはなんでもプログラムに置き換えられるの。そういうのにはまってたんだよ。カレーでもよかったけど、オレ、ラーメン派だから」

乃木畑さんはラーメン鉢にスープを注ぎ、勢いよくざるを振って湯を切る。それからネギと、ナルトと、もやしと、海苔《のり》と、薄く切られたチャーシューを載せた。

「この島にプロの音楽家がいるって話は、昔からあるんだぜ？　たしか演奏会を開くってことになって」

「そんなの、聞いたことないですよ」

ずいぶん必死にE線を探しているから、島の音楽事情にはそこそこ詳しいはずだ。

「途中で立ち消えになったんだよ。ほとんど知られてない」

「じゃあどうして乃木畑さんが知ってるんですか」

「偶然。ほら、食え」

乃木畑さんが差し出したラーメン鉢を受け取って、割り箸《ばし》を手に取る。思い切り湯気を吸いこんで、軽くむせた。

「そのミュージシャンってゲーマーは、どんな人なんですか？」

「オレも会ったことはないな。すげぇ美形の格好いい女だって噂だが」

「胡散臭《うさんくさ》いですね」

「でも音ゲーの超絶プレイヤーがいるのは間違いない。スコアをみたことがある」

あまり素直に信じられる話でもなかったが、ほかに手がかりもない。今は些細《ささい》な可能性を辿っていくしかないだろう。

「その、ミュージシャンって奴、ガレキに行ったら会えますか？」

「どうかな。本当にたまにしか姿をみせないらしいぜ」

「とにかく調べてみます」

ありがとうございます、と告げて、佐々岡はラーメンをすする。

ここのラーメンはいつ食っても素朴に美味い。とてもプログラムで作った味だとは思えなかったが、一方で、だからこそ人工的な味のような気もした。

7　水谷　午後一時三〇分

水谷からみて、七草も奇妙な友人のひとりだった。

外見に取り立てて特徴的なところはない。強いて言えば少し背が低く、童顔だ。顔立ちは優しげで、安心感がある。なのにどこか近寄りがたい少年だった。

たとえば日常会話の節々で、違和感を覚えることがある。思考の必要もないような、何気ないやり取りの最中に、彼はふと考え込んで短いタイムラグを生む。みんなはピクニック気分で草原を歩いているのに、彼だけそこが地雷原だと知っていて、それで足を踏み出すことを躊躇うような。重大な秘密をひとりで抱え込んでいるような空気を、しばしば感じる。

だがそんなことは、水谷にとっては問題ではなかった。

少なくとも七草は常識を持っているし、人を傷つけるようなことは口にしない。社交的とはいえないけれど、集団行動を妨げもしない。大枠では、紳士的で安心感のある友人だ。

七草は待ち合わせの時間ちょうどに姿を現した。黒いダッフルコートのポケットに両手を突っ込んで、ややうつむきがちに歩いてきた。

「ども」

と水谷は声をかける。思えばイヴの日に、男の子とふたりきりで待ち合わせをするのは初めてで、それを意識すると少しだけ緊張した。

「お待たせ。寒いね」

と彼はほほ笑む。愛想笑いは好きだ。人間関係を円滑にする。

水谷は手に持っていた紙袋を、七草に差し出した。

「これをどうぞ」

「僕に？」

「はい。安物ですが、手袋です」

持っていないようでしたので、とつけ足す。

七草は笑みを浮かべた。それが本心からの笑顔なのか、愛想笑いなのかは判断がつかなかった。

「ありがとう。ここで開けてもいいかな？」

「はい。もちろん」

彼は紙袋を開き、手袋を取り出す。深いブラウンの、レザーの手袋だ。それから紙袋を丁寧に折りたたんで、ポケットにしまった。最後に手袋を両手にはめて、もう一度
「ありがとう」と彼は言った。

「暖かいよ。それに、とても良い色だね」

「気に入ってもらえたなら、よかったです」

「こっちは何も用意してないんだ。ごめんね」

「いえ。イヴにわざわざ、買い物に付き合ってもらうんだから」

「それは問題じゃないよ。僕もちょうど、委員長に訊きたいことがあったんだ」

「なんですか?」

「まずはどこか、お店に入ろうか。どんなものを買うか決めた?」

水谷は首を振る。今日の目的は、真辺へのプレゼントをみつけることだ。でも良いアイデアが思いつかない。

彼と共に歩き出す。

「真辺さんの友達が増えるようなものがいいんです」

「それは、なかなかハードルが高そうだね」

「元々はプラバンでアクセサリーを作れるキットをプレゼントしようと思っていたんだけど」

真辺は手先が器用だ、と聞いていたから、ちょうどいいと思った。

「私の予想では、真辺さんはプレゼントなんて持ってこないでしょ? だからキットを渡して、代わりにそれでなにかアクセサリーを作ってもらって。他の子にもプレゼントするように勧めたら、そこから交友関係が広がるかと思ったんです」

「なるほど。素敵な計画だね」

「でしょ。真辺さんって、頼まれたことは断りませんよね。上手くいく自信があったんです」

ずいぶん考えたのに、通販の荷物が届かなかった。大ダメージだ。

「委員長はどうして、真辺に友人を作りたいの？」

「誰にだって友達は必要ですよ」

「どうかな。真辺は少し特殊なんだ。たしかに彼女にはほとんど友達がいないけど、でもそのことを寂しがったり、悲しんだりはしないよ」

「それは七草くんが相手をしてあげているからじゃないんですか？」

彼はうつむいて、くすりと笑った。

それから水谷の台詞《せりふ》に傍点を打つように、反復した。

「相手をしてあげている」

それで、赤面する。

「いえ。別に、偉そうに言うつもりではないんですけど」

「よく誤解されるんだ。傍からは、僕が嫌々、真辺と一緒にいるようにみえるらしい」

「そういう意味じゃないです」

「うん。ごめんね。細かな言い回しに、こだわり過ぎるのはよくない」

　七草が真辺を大切にしているのは、間違いがないだろう。でもふたりの関係は未《いま》だによくわからなかった。恋人というわけでもないようだ。気にはなったけれど、踏み込んで尋ねるのも抵抗がある。

　なんとなく気まずくて、水谷は話題を変える。

「気を悪くせずに聞いて欲しいんですけど」

「うん。なに?」

「真辺さんには、少し問題があると思うんです」

「少しどころじゃない。たくさん問題があると、僕は思うけどね。委員長はどの問題のことを言っているの?」

「主に人間関係の。なんていうか、ちょっと身勝手ですよね」

「とても身勝手だよ。相手を思いやって、雰囲気を察して言葉を選び、求められている言動を心掛ける。そういう、友達付き合いにおける当たり前のルールを、彼女は知らない」

　七草が言うことが、水谷の考えとまったく同じだったから、少し驚く。七草はもっと真辺の肩を持つと思っていた。

「はい。そういうのを改善するには、やっぱり友達を作るしかないと思うんです」

真辺由宇の問題は、これまでほとんどひとりきりで過ごしてきたことが原因ではないか、というのが水谷の推測だった。友人が増えれば、誰だって相手に嫌われたくないと思う。ごく当たり前の想像力があれば、そうなるはずだ。

でも七草は首を振る。

「彼女の欠落は、もっと根深い」

「え？」

どういう意味ですか、と尋ねたかった。

でもその時に七草が浮かべた、自信に満ちた、なんだか嬉しげな笑みに気を取られて口を開けなかった。

「僕は、真辺に無理やり友人を作ろうとしても、悲しいことにしかならないんじゃないかと思っているけどね。それはただネガティブなだけかもしれない」

応援するよ、と七草は言った。

ふたりはまず、コンビニエンスストアを名乗っている雑貨屋に入った。

なぜこの店がコンビニにみえないのかといえば、それは弁当やおにぎり、サンドウィッチの類《たぐい》をほとんど取り扱っていないからだろう。たぶん単純に、仕入れの問題だと思う。島に荷物が届くのは週に一度だけだから、日持ちしない弁当類を扱うのは難しい。

反面で日用雑貨の類は品ぞろえが豊富だ。可愛《かわい》らしい文房具もたくさん取り扱っているし、簡単な衣類や調理器具まである。それらは大まかに分類別《わ》けされているけれど、基本的には無秩序に棚に突っ込まれている。

「こういうの、真辺は好きだけどね」

と七草が手に取ったのは、パズルピースを模した形のキーホルダーだった。

ペアになっていて、一方には月が、もう一方には猫が、小さく描かれている。ふたつのピースを組み合わせると、月を見上げる猫の絵になる。

「こういう、とりあえずくっついたり離れたりするものは好きだよ」

少し考えて、水谷は首を振った。

「せっかくですが」

そのキーホルダーは確かに、可愛らしいアイテムではあるけれど、でもあまり水谷の目的に叶《かな》うものではなかった。ペアでは足りない。彼女が一方を誰かにプレゼントするとして、その相手はおそらく七草だろう。

そ、と呟いて、七草はペアのキーホルダーを棚に戻す。

「ところで委員長は、クリスマスの七不思議って知ってる？」

「ええ」

この数日で、急に出回り始めた噂だ。

「それが、なにか?」

「真辺が凄腕のハッカーを探しているんだ。七不思議のひとつに、ハッカーのことがあるよね?　できれば詳しく教えてくれないかな」

調理器具のコーナーを眺めながら、水谷は頷く。

「七不思議というからには、もちろん噂は七つあります」

一つ目は、恋愛成就《じょうじゅ》のサンタクロース。

とても律儀《りちぎ》なサンタクロースがいて、彼に「恋人が欲しい」と手紙を出すと、好きな相手をさらってでも連れてくる。

二つ目は、海辺に落ちている手袋。

クリスマスイヴには、小さなお地蔵様がある海辺の通りに、必ず手袋が落ちている。

三つ目は、魔女の手先のクリスマスパーティ。

魔女は階段島を監視するために、住人たちに手先を紛れ込ませている。その手先たちが、イヴに集まって行う秘密のクリスマスパーティがある。

四つ目は、島に逃げ込んだ犯罪者。

凄腕のハッカーがホワイトハウスのツイッターアカウントを乗っ取った。結果、大問題になり階段島に逃げ込んできた。

五つ目は、必ず失敗する演奏会。

イヴの演奏会は呪《のろ》われていて、絶対に開催されない。強引に開こうとすると悲劇が起こる。

六つ目は、毎年クリスマスケーキが供えられるお墓。

島のどこかに、イヴに欠かさずケーキが供えられているお墓がある。

七つ目は、願いが叶う聖夜の雪。

階段島のイヴには雪が降る。雪が降る夜空に向かって願い事をすると、それが叶う。

「最後のは、僕が聞いたのとは少し違うな」

と七草が言った。

水谷は頷く。

「条件が追加されたバージョンがあるらしいです」

確か、相手が望むものをプレゼントしたのにお返しを貰えなかった人が、雪の降る夜空に願い事をすると叶う、だったはずだ。

「うん。それ」

「私が最初に聞いたときには、そんな条件ありませんでしたよ。後付けじゃないかな」

噂なんて、少しずつディテールが追加されていくものだろう。

水谷は動物の顔の型抜きを手にして、尋ねる。

「真辺さん、クッキーは作れますか？」

お菓子を作って配るのも、友達作りには有効だろう。

「僕が知る限り、そんな趣味はないね。でも食べるのは好きだよ。生真面目で手は抜かないから、やらせてみればそこそこ上手いかも」

なるほど。これも候補のひとつだ。でも彼女が作ったクッキーを配る姿というのは、あまり想像できなかった。すべて自分で食べてしまうのではないだろうか。

「委員長が初めて七不思議を聞いたのはいつ？」

尋ねられて、思い出す。

「ほんの、四日か五日前ですよ」

「誰から聞いたの？」

「同じ寮の子です」

「名前を教えて貰えるかな？」

「ひとりじゃなくて、何人かで話していて。もう結構、知ってる子がいましたよ。年下の子たちで流行《はや》ってるらしくて」

なるほど、と七草が頷く。

型抜きを棚に戻して、水谷は補足する。

「この島って学校がひとつだけじゃないですか。教室で噂になったことって、すぐに広まっちゃうんです」

「みんなでたらめなのかな？」

そこが、実は難しい。

「島の人たちに魔女の手先が紛れ込んでいる、みたいな噂は昔からありました。それにイヴの日に雪が降るのは本当みたいですよ」

少なくとも去年はホワイトクリスマスだった。そう告げると、七草は首を傾げる。

「ホワイトクリスマスの確率はかなり低いはずだけどね。もちろん積雪が多い地域を除けばだけど」

「はい。魔女が悪ふざけで降らしているって噂ですよ」

「大きなクリスマスツリーも派手なイルミネーションもないから、雪くらいはってことかな」

「そうかもしれませんね」

なんにせよ、ハッカーをみつけ出す手がかりにはならないだろう。

「七草くんも、ハッカーのせいで通販が届かなくなったと思ってるんですか？」

彼は簡単に首を振る。

「いや。真辺だって、どちらかというと信じていないんじゃないかな」

「信じてないのに探すんですか？」

「そういうのは、真辺の判断基準にはならないんだよ。彼女は意外とロジカルなんだ。

ちょっとコンピュータっぽいっていうか」

「コンピュータ、ですか」

たしかに人間味が薄い真辺由宇の言動は、人工知能じみてみえることもある。

「数学の証明で、常識的にあり得ないって書いても正解にはならないでしょ。可能性がゼロじゃなければ、きちんと調べる必要がある。彼女はそういう風に考える」

水谷は、思わず眉間に皺を寄せた。

「それはとても大変そうですね」

周りからは共感されないだろう。――どうせ無駄なのに。そんなことを必死にやってなんになるの。

だから彼女は周囲から浮いていくのだ。水谷にはその姿勢が、とてもロジカルだとは思えなかった。感情的に、なにかつまらないことに固執しているようにみえた。

真辺の言葉を思い出す。

――人に合わせてばかりだと、自分にできることがわからなくなるよ。

いるはずもないハッカーを探すのが、彼女にできることなのだろうか？　馬鹿げている。それなら友達と世間話でもして、人間関係を育《はぐく》んだ方がよほど良い。

「これはどう思いますか？」

と、水谷はトイカメラを手に取った。写真も、友達を作るツールになる。

「気に入るんじゃないかな」

と七草は答えた。

「でも、委員長が期待しているような写真は、撮らないと思うよ」

きっとそうなのだろう、と水谷も思っていた。

＊

結局、その店では、真辺由宇のためのプレゼントはみつけられなかった。

代わりに七草が落ち着いた色合いのひざ掛けを買って、「手袋のお返しに」とプレゼントしてくれた。

やっぱり七草は気遣いのできる人だなと思う。柄も水谷の好みで、価格帯も受け取りやすく、貰って困るものでもない。例えばアクセサリーなんかだと、異性から貰ったものを気楽に身に着けようとは思えないけれど、ひざ掛けは特別な感じがしないところがいい。

――どうして彼と一緒にいて、真辺さんは何も学ばなかったのだろう？

七草が甘やかしすぎるのがいけないのではないか、と少しだけ顔をしかめた。

8　時任　午後二時

大雑把にいうと、階段島にはふたつの街がある。

一方は「海辺の街」と呼ばれており、島の東端にある港を中心としている。もう一方は「学生街」で、こちらは島の真ん中辺りにある山の麓《ふもと》を指す。山を上る長い階段があり、中腹にはこの島唯一《ゆいいつ》の学校がある。階段はさらに伸び、山頂へと続いている。

時任はどうにか、海辺の街でクリスマスカードの半分ほどを配り、赤いカブを飛ばして学生街へと向かった。

アクセルを回すと頬に冷たい空気がぶつかり、熱を奪い取っていく。毎年、冬がくるたびにフルフェイスのヘルメットを買うべきだろうかと悩む。だがどうしてもカブにフルフェイスが似合う気はしない。女子高生が真冬でもスカートの丈にこだわるように、郵便配達員にだって譲れないこだわりがある。

午後二時になるころ、時任は島の南側の、海辺の細い道を走っていた。南中から少し西に傾いた太陽が、穏やかな海面をきらきらと照らしている。空はよく晴れていた。青空と白い雲だけを切り取って写真に収めると、もう春だと言い張れそうだった。でも日の光を全身に浴びてもやはり今日は寒い。なんだか騙されたような気分になる。

――どうしてこんなことをしているんだろう?

と、ふと思うことがある。

一体何に意地になって、わざわざ寒さに震えているのだろう? 本当は、真冬にカブを走らせて、手紙を配って回る必要なんてないのだ。ちょっと裏技を使えば、五分で島の住民みんなにクリスマスカードを行き渡らせることだってできる。もっといえば、冬を春にしてしまうのさえ、別に難しいことじゃない。

階段島というのは、そういう場所だ。

本来ならあらゆる我儘を、簡単に叶えられる場所だ。

それがわざわざ、窮屈な現実を模しているのが、滑稽《こっけい》にみえることもある。人間のふりをする神さまみたいに。それは意味のないことなのに。

魔女は自由で、自由というのは呪いだ。ケーキを買うお金を持っていない子供だけが本当のケーキの価値を知っている。いつでもそれが手に入るようになったころには、本質は失《な》くしてしまっている。ケーキも、春も、自由も同じだ。

魔女は生まれた時から、自由と幸福によって根深く呪われている。

自分の思考が馬鹿馬鹿しくなって、時任は苦笑した。とにかく今はカブを走らせて、今日のうちに大量のクリスマスカードを配り切ってしまうのだ。それが仕事だ。

と、ふと、前方の道端になにかが落ちているのをみつけた。

赤地に白いラインが入った――手袋？

小さな地蔵がある真ん前だ。両手ぶん揃っている。拾ってあげた方がいいだろうか？でも、どこに持っていけばいいのだろう。やがて落としたことに気づいた持ち主が戻ってくるかもしれないし――

思い悩んでいるあいだに、カブは手袋の傍を通り過ぎてしまった。

それから、思い出す。

最近この島で出回っている「クリスマスの七不思議」というのがあった。そのうちのひとつが、「クリスマスイヴには、小さなお地蔵様がある海辺の通りに、必ず手袋が落ちている」だったはずだ。確か。

――偶然よね。

そう納得して、時任はまたカブを加速させた。

＊

学生街に入ってすぐ、幼い少年をみつけた。

相原大地《あいはらだいち》という名前の、まだ小学二年生の少年だ。

彼はとても例外的な存在だ。原則として、階段島にやってくるのはどれだけ幼くても中学生で、だから島にはそもそも小学校さえない。

カブを止めて、時任はその少年に声をかける。

「やっほう、大地くん。メリークリスマス」

大地はぴくんと肩を震わせて、なんだか戸惑った雰囲気で「こんにちは」と言った。彼は捨て犬みたいに、いつも怯えているようにみえる。

カブを降りて、時任はしゃがみ込む。

「今日はひとり？」

大地が頷いたから、時任も頷き返した。

「そう。サンタさんには何を頼んだの？」

「なにも」

「なにも頼まなかったの？」

「サッカーボールが欲しかったけど、もうもらったから」

「もうもらったから、頼まなかったんだ」

「ほかに、思いつかなかった」

「大地くんは欲がないねぇ」

頭をなでてみると、彼は嬉しげに笑った。内向的だけど、人と触れ合うのが嫌いなわけではないようだ。なかなか複雑な少年なのだろう。

時任はリュックをごそごそとあさり、大地宛《あ》てのクリスマスカードを取り出す。

「はい、これ。お届け物」

大地はその封筒を受け取り、不思議そうに眺めていた。手紙を受け取ることに、あまり慣れていないのだろう。あるいは人生で初めての出来事なのかもしれない。

「クリスマスカードだって。わかる？　クリスマスカード」

大地は首を振った。

「年賀状はわかる？」

今度は、大地は頷いた。

「だいたい年賀状の、クリスマスヴァージョンみたいなものだよ。私もよく知らないけどね。とにかく、おめでとうって伝えるためのもの」

まだ彼は、上手くクリスマスカードを呑《の》み込めていないようだ。

「クリスマスは、おめでとうなの？」

「一般的にはね。クリスマスおめでとう」

「おめでとう、ございます」

「封筒、あけてみる？」

大地はしばらく思い悩んでいる様子だったけれど、首を横に振った。

「あとで」

「あとにするんだ」

彼は「うん」と頷いてから、にたりと笑った。クリスマスカードをポケットにしまい込む。子供向けの小さなトレーナーのポケットが、それでぱんぱんになる。

時任はもう一度、彼の頭をなでる。

「おそらく夜には、クリスマスケーキが待っているからお楽しみに」

「ケーキ」

「ケーキは好き？」

「好き。すごく好き」

「そう。じゃ、気をつけて遊ぶんだよ？　怪我をしちゃうと食べられなくなっちゃうかもしれないからね」

今度は真剣な表情で、彼はまた頷いた。

素直な良い子だ、とこの少年と顔を合わせるたびに思う。どうして彼は、階段島に来ることになったのだろう？　自分自身を捨てることになったのだろう？　事情は知らないけれど、やはり小さな子供がこの島にやってくるようなことはあってはならない。

時任は立ち上がり、「じゃあまたね」と手を振る。大地もこちらに手を振って、背を向けて、クリスマスカードが入ったポケットを押さえて走っていく。

その背中を見送って、時任はさて、と呟いた。

魔法もないまま、手早く華麗に、クリスマスカードを配ってしまおう。

9　七草　午後二時三〇分

一時間ほどで委員長と別れた僕は、再び真辺と情報を交換するため、カフェ「バネの上」に向かった。

バネの上は銀色の、幅の狭い、くりんとしたバネみたいな螺旋階段の上にある。安直なネーミングだなと思わないでもないけれど、なんだかSFかミステリのタイトルみたいで、僕は気に入っている。それに安直な名前はわりと好きだ。

薄い鉄板の螺旋階段を、こんこんと足音を響かせて上り、ドアを引き開けてバネの上に入ると、石油ストーブの甘い香りがした。店内は木目を基調としており、あちこちに背の高い観葉植物が置かれている。テーブルのひとつひとつが広く、ソファもゆったりとしている。そこに至るまでの、こぢんまりとした螺旋階段とのギャップが面白い。

普段は読書なんかが似合う静かなカフェだけど、今日はイヴだからだろう、さすがに騒々しかった。おおよそ埋まった店内を見渡し、カウンター席の隅っこでミックスジュースを飲んでいる真辺をみつける。彼女の姿は、なんとなくカフェには馴染《なじ》まない。きっと姿勢が良すぎるのが問題だろう。カフェのカウンターでまっすぐに背筋を伸ばしてミックスジュースを飲む彼女は、なんだか普段よりも少し幼くみえる。

「お待たせ」

と声をかけて、僕は真辺の隣に座る。水とメニューを持ってきた店員に、ホットカフェオレを注文した。「ホイップクリームは苦手じゃないですか？」と尋ねられ、「ぜひ載せてください」と答える。

あれ、と真辺が小さな声を出した。

「手袋、持ってたっけ？」

「さっき委員長がくれたんだ。クリスマスプレゼントに」

「そっか」

真辺はなんだか、カラフルなキャンディを口に含んだら意外とすっぱかった、という感じの、微妙な表情を浮かべた。それからミックスジュースのストローに口をつけた。

僕は委員長から貰《もら》った手袋を外して、コートのポケットに突っ込む。

「七不思議についてずっと話を聞いてきたよ。高等部よりも先に中等部で噂が流れたみたいで、ちょっと違和感がある」

「違和感？」

「高等部の方が、古くからこの島にいる人が多い。以前からそんな噂があったなら、高等部で先に話題になるのが自然だと思う。それに委員長も数日前、初めて噂を聞いたと言っていた。彼女は去年のクリスマスにも階段島にいたし、交友関係も広い」

「つまり、クリスマスの七不思議は今年できたの？」

「あくまで推測では。まったく見当はずれかもしれない」

口ではそう言いながら、僕はほとんど確信していた。あの七不思議はつい最近創作されたものだ。たぶん自然発生したものではなく、意図的に噂を流した誰かがいる。

「噂の出所を探るなら、中等部の生徒を当たった方が良さそうだね。真辺、中等部の知り合いはいる？」

「寮に何人か。私がそっちを担当した方がいい？」

「お願いできるかな」

「もちろん」

僕の方は、このあと佐々岡に会う予定になっている。ヴァイオリンの弦探しについては、昨日、わりと真面目に時間を使った。もうこれ以上、僕にできることは何もないと思っているけれど、約束は約束だ。

ホットカフェオレが運ばれた。湯気を立てるカフェオレの上に、ちょこんと純白のホイップクリームが載っている。ホイップクリームは好きだ。まるで善意の象徴みたいだから。でも温かなカフェオレの上で放っておくと、すぐに溶けて、べとべとした油になってしまう。僕はホイップクリームがまだ美しいうちにスプーンですくって、口に運んだ。

「真辺は、なにかわかった？」

彼女はミックスジュースのストローを咥えたまま、軽く頷く。

「屋台のラーメン屋さん、あるよね？」

「うえお軒」

「そう。あの屋台をやっている人、島に来る前はプログラマーだったんだって」

「へぇ」

人には意外な過去があるものだ。あの人──名前も知らないけれど、きっと上尾《うえお》さんなのだろう──は一見する限りでは、バイクなんかが趣味のやんちゃなおじさんにみえる。キーボードを叩いてプログラミングをしている姿は想像しづらい。

僕はカフェオレに息を吹きかけてから、口をつける。

「でも、元プログラマーってだけの理由で疑うわけにはいかないよね？」

「もちろん。でも一応、話を聞いてみたいな。もしかしたら特別なハッカーの探し方を知っているかもしれないし」

「たとえば？」

「ハッキングされたんなら、逆探知みたいなことってできないかな」

「どうだろうね」

僕もコンピュータには詳しくない。だからこそ一度、専門家に聞いてみる、というのは正しい方法だと思った。

　真辺は繊細さのない女の子だから、ずずっと音を立ててミックスジュースを飲み切って、それから普段よりはいくぶん小さな声で言った。

「七草はさ」

「ん？」

「本当にハッカーがいるとは思ってないんだよね？」

「まあね」

「じゃあどうして、私に付き合ってくれるの？」

思わず、僕は笑う。その質問は、あまり真辺らしいものではなかった。でも不思議と意外だとも感じなかった。

「君はそんなこと考えなくていい」

「どうして？」

「僕がなんと答えても、君は変わらないから」

「そうかな」

「そうだよ」

　ただの暇つぶしだと答えても。好奇心だと答えても。心配だからと答えても。愛しているからだと答えても。真辺由宇は変わらないし、変わって欲しくない。

彼女は言った。

「私にはどうやら、思いやりがないらしい」

「そうなの？」

「うん。水谷さんが言ってた」

先ほども委員長から、真辺は身勝手だ、と聞いた。僕からみても、ふたりの相性は良いとはいえない。

「思いやりにも、色々な種類がある。確かに真辺はある種類の思いやりが足りないかもしれないけれど、別の種類の思いやりは持っている」

「水谷さんによれば、思いやりっていうのは、相手の価値観で物事を考えることらしいよ」

「ああ。確かにそれは、真辺が苦手な分野だね」

「それで、ちょっときみの価値観で考えてみようと思ったんだけど」

「うん」

「上手くいかなかったよ」

「そりゃそうだ」

簡単にわかられても困る。僕自身にさえ、僕の価値観なんてものは、よくわかっていないんだから。

僕は度々ホットカフェオレに口をつけて、温かな息を吐き出しながら、間違えないようにゆっくりと話す。

「たとえば独りきりで膝《ひざ》を抱えて、泣いている子がいたとして。その子は深く悲しんでいて、誰にも会いたくないと思っていたとして。僕ならきっと、その子をそっとしておくよ。好きなだけ独りで悲しめばいいと思う」

「そう」

「でも、君は違うよね？」

「うん」

「僕はね、基本的には、相手の価値観を尊重しない人間は苦手だ。嫌いだと言ってもいい。でも、君みたいに強引に踏み込むやり方が、物事をずっと効率的に好転させることだってある」

振り払われるとわかっていても、頬をひっぱたかれるとわかっていても、それでも誰かを抱きしめるべき場面というのが、きっとこの世界にはあるのだろう。

僕にはできないことだ。平気でそんなことができる奴は馬鹿だとさえ思う。でも一方で、心の底から尊敬する。愚直な感情は神聖で、敬愛に値する。

「君は好きなだけ悩めばいい。どうせ無駄だけど、好きなようにすればいい」

「無駄かな？」

「これまでいろんなことで悩んだけど、なんにも変らなかったでしょ？」

「多少は変わった、ような気もする」

「でも本質は変わってない。これからも同じだよ」

僕は断言する。

それは予言でも、推測でもなくて、ただの願望なのだとわかっていた。

＊

午後五時に、学校へと続く長い階段の下で再び真辺と会う約束をして、僕たちは店を出た。野外で待ち合わせをするには、ちょっと今日は寒すぎるけれど、このあとのスケジュールを考えるとそれが最適だった。

僕は白い息を吐きながら、なだらかな坂道を上って三月荘を目指した。一五時三〇分に、寮で佐々岡に会うことになっている。

階段島では毎年イヴに雪が降る、という話を思い出して、僕は空を見上げてみた。でもそこに雪の気配はなかった。ひたすら鮮やかな青が広がっているだけの、ジングルベルが似合わない空だった。

諦めて、視線を下ろすと、前方に赤いカブが停まっている。時任さんのカブだ。荷台にレターボックスがついていて、そのふたが開いている。慌てて配達している最中なのだろう。

都合が良い。僕には今日出す予定の手紙が、手元に三通ある。

レターボックスに封筒をひとつ放り込み、ふたを閉める。あとの二通は、まだ手元に留めておく。カブの隣に立って待っていると、間もなく目の前のアパートから、時任さんがあらわれた。

「おや、ナナくん」

彼女は僕をナナくんと呼ぶ。なんとなく気恥ずかしいけれど、わざわざ呼び方を変えてくれと頼み込むほどでもない。

「お疲れさまです。配達中ですか？」

「うん。今朝、大量のクリスマスカードが投函されてね。島中のみんなに配るんじゃないかってくらい」

「それは大変ですね」

「でもナナくんのはなかったよ。友達いないの？」

「必要十分なくらいはいますよ」

「ちなみに私のぶんもなかった。大ショック」

「友達いないんですか？」

「大人になると、なんかいなくなっちゃうんだよね」

友達いない者同士パーティしようか、と時任さんに誘われて、僕は丁重に断る。

「ところで、クリスマスの七不思議って知っていますか？」

「最近話題のあれでしょ。興味あるの？」

「それなりに。時任さんは、誰からその話を聞いたんですか？」

「ええと、アリクイ食堂かな。たぶんアルバイトの子が話してたんだと思う」

「最近ですか？」

「ほんの二、三日前だね」

誰に尋ねても情報にぶれはない。噂はつい最近、急速に広まっている。

「そういえば、手袋をみかけたよ」

と、時任さんは言った。

「手袋？」

「うん。噂のひとつにあったでしょ？　確か――」

クリスマスイヴには、小さなお地蔵様がある海辺の通りに、必ず手袋が落ちている。

「さっき通りかかったら、本当に落ちてたよ」

七不思議が、現実になった？

息を吐き出して、僕は考える。

「階段島では、イヴの夜に雪が降る、というのは本当ですか？」

「うん。今夜も降るんじゃない？」

「どうして降るんでしょうね？」

「さあ。魔女の気まぐれかな」

時任さんは、力を抜くように、ふ、とほほ笑む。

「ともかく七つのうち、二つは現実味があるわけだね」

僕は首を振った。

「もう一つ。イヴに演奏会を開こうとすると絶対に失敗する、というのも現実になるかもしれません」

演奏を予定していた女の子のヴァイオリンの弦が切れてしまって、そのせいで佐々岡はE線を探している。パーティまでにみつけられなければ、演奏会は中止になるだろう。

時任さんは顎に手を当てた。

「へぇ。なんだかおもしろいことになってるね。あと四つか」

残されているのは、恋愛成就のために相手をさらってでも連れてきてくれるサンタクロース、魔女の手先たちが開くクリスマスパーティ、島に逃げ込んだ凄腕のハッカー、クリスマスケーキが供えられているお墓。

そのすべてが現実になるなんてことがあるだろうか。

「それで、ナナくんは名探偵ごっこに勤《いそ》しんでいるわけだ」

「僕というか、真辺ですね」

　とはいえ彼女の興味は、ハッカーにしかないようだけど。

「なにかわかった？」

「いえ。なにも」

「ま、そうだね。名探偵は証拠が揃うまでは、推理は披露しないものだよね」

　別にそういうわけじゃない。僕はフィクションの探偵のように頭が良いわけでもないし、そもそも事件の真相への知的な好奇心もない。ただ平穏に日常を過ごせればそれでいい。ついでに魔女に会えれば最高だけど、それは高望みというものだろう。

　時任さんは、カブに視線を向けた。

「おもしろそうだけど、私には私の仕事があるからね。なにかわかったら教えてよ」

「ええ。機会があれば」

「本当に今夜、パーティしない？」

「意外と忙しいんです。こうみえても」

　パーティには呼ばれていないけれど、色々と予定が詰まっている。

　それに七不思議に、少しずつ興味が湧《わ》きつつあった。こんなにも静かな階段島だけど、音をたてずに動くものもあるのだ。きっと。

10 佐々岡 午後二時三〇分

パーティが始まるのは午後七時——あと四時間三〇分。

それまでにヴァイオリンのE線をみつけ出さなければならない。

佐々岡はコンビニの隣にあるゲームセンター、「GARAGE KID」に飛び込む。

広めのガレージに筐体《きょうたい》が並んでいるだけのこのゲームセンターには、エアコンさえないようで、室温は野外とそれほど変わらない。壁際では電気ストーブがオレンジ色の光を放っているけれど、そんなもので部屋全体を暖められるはずもなかった。筐体の前では数人の男たちが、しっかりとダウンジャケットを着こみ、指先を震わせながら黙々とレバーを握っていた。

ガレキにはプリクラも、UFOキャッチャーもない。あるのは格闘、パズル、シューティング、それからリズムゲーム。すべて対戦やスコアアタックでプレイヤー同士が競い合う、硬派でシリアスな作品ばかりで、ガレキの空気はボクシングジムみたいに、ぴんと張りつめている。ここはゲーマー以外が楽しめる店ではないし、看板さえ出していないから、存在もほとんど知られていないのではないか。

佐々岡は一通りのゲームジャンルを経験している。

しっかりやり込んでいる相手には手も足も出ないが、未経験者には圧勝する。この辺りの感覚はスポーツに近い。たとえばテニス部の連中は、世界のトッププレイヤーが相手なら勝負にならないが、体育の授業でならまず負けない。佐々岡は「部活レベル」のプレイヤーだった。

ガレキにもしばしば顔を出すから、ここに来るプレイヤーとは面識がある。今、格闘ゲームで対戦しているのはかなり真剣にやり込んでいるふたりだ。技を出したあとの硬直時間をフレーム単位で暗記していて、状況に応じた最適なコンボを正確に繰り出し、対戦におけるセオリーを実践できる。

腕を組んでモニターを覗いていた男に、佐々岡は近づいた。二〇代半ばほどの青いニット帽をかぶった男だ。確かケイジと呼ばれていたような気がする。

「ちょっといいですか？」

声をかけると、ケイジは細い目をこちらに向ける。

「なに？」

「ミュージシャンって知ってます？　音ゲーの凄腕プレイヤー」

ケイジは息をはくのも面倒だという風に、低く抑えた声で、「ああ」と答える。

「何度かみたことがあるよ」

その声は小さく、筐体から流れる音で簡単に掻き消えてしまう。佐々岡は仕方なく携帯ゲーム機の音楽を消したが、あまり意味があるとも思えなかった。

「どんな人でしたか？」

「女だよ」

「学生ですか？」

「いや。オレより少し上かな」

「名前は？」

「知らない。何人か声をかけていたけど、相手にされてなかったな」

少なくとも「ミュージシャン」と呼ばれるプレイヤーがいるのは事実らしい。寒さに震えながら、佐々岡は続けて質問する。

「よく来るんですか？」

「月に一度くらいだって話だよ」

「いつくるか、わかりますか？」

「さぁな。平日の遅い時間か、休日か。普通に社会人なんだろう」

「なにか特徴はないんですか？」

「美人だよ。黒髪の。それで凄腕なんだから、そりゃ話題になる」

「ならどこの誰だか、わかっていても良さそうなものですけどね」

「なにを訊いても返事しないんだよ。一言も喋《しゃべ》らないって話だ」

ミュージシャンはふらりとガレキにやってきて、黙々と音ゲーで高得点をたたき出して、そのまま一言も喋ることなく帰っていく。何人かの男たちが言い寄ったが、まったく相手にされなかった。名前も、どこに住んでいるのかも、普段は何をしているのかもわからない。

実在していることは間違いないようだが、それ以外はほとんど情報がない。佐々岡は、胸が高鳴るのを抑えられなかった。ミュージシャン。いいじゃないか。まるでゲームの重要キャラクターみたいだ。

「最後にガレキに現れたのは、いつですか？」

「先月――そういや、三日続けて顔を出したらしい」

「へぇ」

手がかりになるとも思えなかったが、佐々岡はその日づけを尋ねた。一一月の二一日から二三日までの三日間。一応記憶しておく。

「そのミュージシャン、島にくる前はプロの音楽家だったって聞いたんですが、本当ですか？」

「知らないよ。一言も喋らないんだから」

デマじゃないの？　と呟いて、ケイジはぶるんと身震いする。彼は格闘ゲームで負けた方が席を立つのをみて、そちらに歩み寄った。次は彼が対戦するのだろう。

佐々岡は再び携帯ゲーム機の音量を上げ、顎に手を当てる。

――ミュージシャンを特定する方法なんてあるだろうか？

時間をかけてよいなら、ガレキを張り込めばいい。だけど、タイムリミットは目の前だ。もう数時間でその女性が姿を現すと信じるのは、さすがに乗る気になれない賭《か》けだった。

――だいたいが、こういうのは別のイベントをこなさないといけないんだ。ゲームならそうだ。どこかでフラグを立てて、またガレキに戻ってきたらミュージシャンが現れる。現実だって同じだろう。ただ待っているだけではいけない。

だが、なにをすればいい？

どこにいけばいい？

情報が足りないと感じた。続いて佐々岡は、先ほど格闘ゲームに負けて席を立った男に近づく。彼は電気ストーブに手のひらを向けている。

「すみません。ミュージシャンって知っていますか？」

今はひとつひとつ、できることをこなすしかない。いつか訪れるボス戦に備えて、ザコモンスターを倒していくのだ。我慢強く、冷静に。

11 水谷 午後三時

なにか為《ため》になる本を贈るというのはどうだろう、と思いついて、この島に唯一ある書店を覗《のぞ》いてみたけれど、しっくりくるものはなかった。だいたいあの真辺由宇が、本から感銘を受けて生活態度を改めるというのも考えづらい。

なにも買わないまま書店を出ると、目の前を赤いカブが通り過ぎ、数メートル先で停まった。

「おや。ミズっち」

時任という郵便局員だ。彼女は島の住民全員の名前を憶《おぼ》えているらしい。実際に、名前を書いただけで投函した手紙が届くのだからたいしたものだ。

「こんにちは」

「お買い物?」

「はい。ちょっと」

イヴ当日を迎えてクリスマスプレゼントを捜しまわっているというのも恥ずかしい話だから、言葉を濁す。

「そ。ちょっと待って」

時任はカブの座席に座ったまま身体を捻《ひね》り、荷台のレターボックスを開いて、手紙を一通取り出した。

「はい。メリークリスマス」

差し出された封筒を受け取る。その封筒にも「メリークリスマス」と書かれている。クリスマスカードかなにかだろうか？　だとすれば、困った。こちらからは誰にもクリスマスカードなんて送っていない。もう少し早く届いていれば送り返すこともできたけれど、イヴの当日ではもう手遅れだろう。

ともかく「ありがとうございます」と応えて、その封筒を鞄《かばん》にしまう。時任は片手を振ってカブを走らせる。と、その直後、気づいた。

先ほどまで時任のカブがあったところに、白い封筒が落ちている。レターボックスから水谷宛ての封筒を取り出したとき、落としてしまったのだろう。

「ちょっと待ってください」

声を張り上げたけれど、時任は止まらない。水谷はともかく、封筒を拾い上げる。ただ白い封筒。いや、ボールペンでたったふたつ、文字が書かれている。

――緊急。

それだけだ。他には何もない。差出人は、よほど慌てていたのだろうか。あて先さえ書かれていない。

どうしよう？　緊急といわれても、困る。あて先がなければ代わりに届けてあげることもできない。中を開いてみれば、なにかわかるかもしれない。でもまったく無関係な水谷が、誰のものだかわからない手紙を開いていいはずもない。

早く時任に返さなければ。彼女の姿は、もうずっと遠ざかってしまっている。時任さん、落としましたよと叫び声をあげてみたけれど、やっぱり彼女は止まらない。赤いカブは細い路地に入って、その姿がみえなくなってしまう。

――追いかけないと。

水谷は駆け出す。

彼女は手紙の配達の最中みたいだから、そうすぐには、遠くまでは行ってしまわないはずだ。きっと追いつける。一歩踏み出すたびに、肩にかけていた鞄がぱしぱしと太ももに当たった。走るのは苦手だ。慌てれば慌てるほど、足がもつれて先に進まない。でも手紙には緊急と書かれている。もしかしたら、急がないと大変なことになるのかもしれない。

池に落ちたヤモリみたいに、ばたばたと足を動かして先ほど時任が曲がった路地に入る。だが、赤いカブはいない。路地は坂になり、少し歪曲《わいきょく》していて見通しが悪い。とにかく先に進むしかない。

そのとき。

「水谷先輩？」

前方から現れた少女がこちらをみて、足を止めた。

まっ白なウールのコートを着た少女だ。

彼女は水谷と同じ寮に暮らす後輩で、名前を豊川《とよかわ》という。意思が強く、自分の考えをしっかりともっていて、中等部生にしては背が高い。身体の小さな水谷は顎を上げなければ豊川と目を合わせられない。

「よかった」

と彼女は言った。どこか硬い口調だった。

水谷としては、早く時任を追いかけたかった。緊急、なんて書かれた封筒を、手元に置いておきたくなかった。でも後輩に声をかけられて、そのまま無視するわけにもいかない。

豊川はまっすぐにこちらをみて、しっかりとした声で言った。

「あの。相談したいことがあるんです」

つい自分の眉間《みけん》に、皺《しわ》が寄るのがわかった。

胸の中で緊急の手紙と豊川を天秤《てんびん》にかける。いったいどちらを優先する方が正しいのだろう？

自己評価では、水谷は優しい人間ではない。

ある種の打算で、丁寧に、人当りよく生きていこうと心がけているだけだ。具体的な見返りを求めているわけではないけれど、それでも善人でいる方が日々の生活を送る上で有利だと信じている。

数秒、迷って、覚悟を決める。やはり自分を慕ってくれる後輩を、ないがしろにするわけにはいかない。

ほほ笑んで、水谷は尋ねた。

「なんですか？」

豊川は、しばらく口ごもっていた。

絵文字だけのメールみたいなものだ。彼女は「口ごもる」という返事をしたのだ。次の水谷からの返信を求めて。そういうことを察するのには、自信がある。

きっと彼女が求める通りの言葉を、水谷は口にした。

「なんでも言ってください。ひとりで考え込んでもいいことはありませんよ」

水谷には会話をするときに思い描くイメージがある。それは一枚の綺麗な鏡だ。相手の理想を映す鏡。

白雪姫に出てきた魔法の鏡は、「世界でいちばん美しいのはだれ？」という王妃さまの質問に、正直に答えてしまったせいで色々な問題を生んだ。水谷は、そんな失敗はしない。「もちろん貴女ですよ」と答え続ける。嘘でも演技でも望まれた答えを返す、本当の意味で優秀な鏡をイメージする。

ようやく、豊川は喋り始めた。

「もしかしたら、私の勘違いかもしれないんですけど」

「とりあえず言ってみてください。それから一緒に考えればいいじゃない」

彼女は、きっとため息だろう、ふうと息を吐き出す。

「実は最近、なんだか視線を感じることがあって」

「視線、ですか」

「錯覚だと思っていたんです。でも、さっきは、ずっと足音がついてきて」

――ストーカー？

そんな大事《おおごと》だとは思っていなかった。私に相談されても困る、と言いたくなる。そういうのは学校の先生か、寮の管理人か警察か、きちんとした大人に話した方がいいのではないか。

一方で、簡単には騒ぎにできない豊川の気持ちも理解できた。もしあとから、やっぱり気のせいでしたということになれば、その後の人間関係に影響が出る。自意識過剰なんて評価は、なんとしても避けたい肩書きのトップスリーに入る。

「それ、いつから？」

「ほんの三日くらい前です」

「あとをつけられたって、今は？」

「今は、もう。実は、振り返ってみたんです」

「それで？」

「誰もいませんでした。でも――」

豊川は右手を差し出す。

「これが落ちていました」

彼女が握っていたのは、あの、特徴的な、赤地に白いフェイクファーのついた、サンタクロースの帽子だった。

水谷は思い出す。

先ほど、七草に話したクリスマスの七不思議のひとつだ。

――恋愛成就のサンタクロース。

とても律儀なサンタクロースがいて、彼に「恋人が欲しい」と手紙を出すと、好きな相手をさらってでも連れてくる。

まさか。そんな、馬鹿な。でも。

なんだかその赤い帽子が気持ち悪くて、背筋が震えた。

12　時任　午後三時一五分

　時間がないことは事実だったけれど、どうしても好奇心を抑えきれなくて、細い路地を駆け抜けた。少し上り坂になった路地だ。並んだ学生寮の先は山道になっており、やがて小さな墓地に辿り着く。ほんの狭い土地に、ほかに使い道もないからお墓を並べてみました、といった様子のささやかな墓地だ。

　その墓地は偽物《にせもの》だった。

　日に焼け、風化して角が削られ、苔《こけ》のむした墓はすべてフェイクだ。リアリティを出すための舞台セットでしかない。おそらく住民の多くが考えているよりもずっと、この島は歴史が浅い。

　だから本来なら、この墓に誰かが訪れる必要はない。手を合わせる相手も、花を供える相手も、ここには眠っていない。

　なのに噂の通りに、ある墓の前に、ケーキがひとつ供えられていた。クラシックなイチゴのショートケーキだ。「Merry Christmas」と書かれたチョコレートの板が載っていて、それだけが遠慮がちに、私はクリスマスケーキですよと主張している。

　――さて、どういうことかしらね？

噂が次々に現実になっている。

七草は聡《さと》い少年だ。すでになんらかの推測を立てているのではないだろうか。でも一方で目立つことを嫌うのか、その推測を口にしようとはしない。証拠が揃ったとしても、関係者を集めて「さて皆さん」と真相を語る、なんてことにはならないだろう。だいたいにおいて、探偵役よりは犯人役の方が似合う少年なのだ。

時任には、推理のようなことはできない。ミステリ小説を読んでも真相がわかった例《ためし》がない。犯人には大抵「やっぱりね」と思うけれど、それは登場人物をとりあえず全員疑っているからだ。

お墓にケーキがあったことを伝えて、七草の考えを聞き出してみようか？　でも彼は話したがらないだろう。あの少年のことは、ずいぶん前から知っている。意外に強情だということもわかっている。

時任はいったんカブを降り、引き返すために向きを変える。

と、正面に、女の子がひとり立っていた。

堀《ほり》。左目の下に泣きぼくろのある、目つきの悪い女の子だ。口元を淡いピンク色のマフラーで隠したまま、じっとこちらをみている。

「やっほう」

軽く声をかけると、返事の代わりに、彼女はわずかに首を傾げた。

どうして彼女がここにいるのだろう？

こんな、誰も訪れないような偽物の墓場に。

「貴女が、あのケーキをお供えしたの？」

堀はそっと首を振る。動作で否定することさえ、躊躇っているようにみえる。彼女はあらゆる意思表示に、ひとつひとつ細心の注意を払っている。

「だれがあれを置いたか、知ってる？」

堀はまた、首を振る。

「最近噂になってる、クリスマスの七不思議のことは？」

彼女は困った風に、少しだけ首を傾げた。それは、どういう意味だろう？　肯定なのか否定なのか、上手く読み解けなかったけれど、構わずに時任は続けた。

「七不思議のこと、ナナくんが気にしてたよ。真相を知っているんなら、教えてあげたら？」

堀が七草を気にしているのは知っている。その理由も。直接、聞いたわけではないけれど、まあだいたいわかる。

無口なこの少女のことを考えると、ひどく悲しい気持ちになる。彼女は一体、なにを思いながら階段島での日常を送っているのだろう。たったひと言も喋らないまま。その感情を口にしないまま。

時任はしばらく、堀の瞳をみつめていた。

彼女は瞳まで無口だ。まるで冬の曇り空と同じように。雲の形もわからない、まっ白な空と同じように。

時任は小さなため息をつく。それは自然に漏れたものだったが、感情をみせつける方法を、堀に示そうとしたような気もした。

「私にくらい、もうちょっと遠慮なく口を開いて欲しいものだけどね。そりゃ貴女ほど無口じゃないけど、でも結局のところ、私は深い穴みたいなものだから」

郵便配達員は人から人へと言葉を届けるのが仕事だ。自分の言葉は、ひとつも持っていない。

「こうみえても、私は貴女を応援してるのよ」

堀は頷いて、だがやはり、口は開かなかった。

時任はレターボックスから手紙を取り出す。彼女宛ての手紙は二通ある。それをまとめて、手渡した。

「もう行くわ。今日は配達がたくさんあるから」

メリークリスマス、と告げて、時任はカブのアクセルを捻《ひね》る。

背後から、ほんの小さな声で「メリークリスマス」と聞こえたような気もした。でもそれは錯覚か、あるいはただの願望だったのかもしれない。

13　七草　午後三時三〇分

　三月荘に戻った僕は、食堂の座り心地が良いとはいえない椅子《いす》に腰を下ろし、電気ストーブの前で手をこすっていた。食堂には僕のほかには、誰もいない。いつもならそろそろ夕食の準備を始めるハルさんさえいない。つけたばかりの電気ストーブが、低い、鉄の板が小刻みに振動するような音をたてているだけだった。

　背を丸めて考えをまとめていると、やがてドアが開き、佐々岡が入ってくる。

「悪い。待ったか？」

　彼は僕の隣の椅子を引き、ストーブに両手を向ける。

　首を振って、僕は答える。

「ヴァイオリンの弦はみつかった？」

「まったく。大ピンチ」

　僕はE線捜索の状況について、詳しく話を聞く。佐々岡がなにに注目し、どこを、どんな風に探したのか。彼の行動は、理性的で、適確だった。島で音楽をやっている人たちには、すでにだいたい話を聞いているようだ。僕ならもう充分「階段島にヴァイオリンのE線なんて存在しないのだ」と結論づけるだけの調査はしている。

佐々岡はいつものように、へらへらと笑う。

「でもさ、この島にはプロの音楽家がいるって話があるらしいぜ？　そいつをみつければ、なんとかなるかもしれない」

「手がかりはあるの？」

「ミュージシャンって呼ばれる、謎の音ゲープレイヤーがいるらしい。美女で無口で、たまにガレキにやってくる」

「ガレキ？」

「ガレージキッドってゲームセンター。知らない？」

「知らないな」

ゲームセンターなんてものまであったのか、この島は。

「なんにせよ、ゲームと実際の演奏はまったく違うでしょ」

「オレもそう思う。でもさ、他に手がかりがないんだから仕方ないだろ？」

僕は息を吐き出して、それから尋ねた。

「諦める予定は？」

彼は軽く首を振る。

「ないよ。まったく」

佐々岡のことは、あまりよく知らない。

そう違わない時期に階段島にやってきて、クラスも寮も同じだから顔を合わすと話をするけれど、でも彼が普段何を考えて、どんな価値観を持って生活しているのかなんて想像したこともなかった。

傍からみた佐々岡は、ポジティブで、友達を作るのが上手くて、基本的には善良な普通の少年だった。でも彼も確かに「捨てられて」この島にやってきたのだ。佐々岡という人間の、捨てられた一面が彼なのだ。

「どうしてたまたまみかけただけの女の子を、そんなにも助けたいの？」

それはまるで、真辺由宇のようだ。彼女なら、すれ違っただけの誰かのためにその身を投げ出しても不思議はないけれど、それほど特殊な価値観を佐々岡まで持っているなんてことがあるだろうか。

身体が温まってきたのか、コートのボタンを外しながら彼は答えた。

「だってけっこう可愛いかったし」

「それだけ？」

「それだけだったら、恰好いいと思わない？」

彼は、たぶん作った笑みを浮かべる。

「オレはね、いつも恰好つけていたいの。周りからみてどうってのじゃなくてさ。美学ってやつ？　そういうのを守りたいの」

「君に美学なんてものがあるとは思わなかったよ」

「だろ？　実はあんだよ。昔からずっと」

彼はこちらをみた。

相変わらず口元には笑みを浮かべているけれど、その目は真剣で、切実で、冬の砂浜に落ちたビー玉みたいに寂しげにみえた。

「オレ、ヒーローになりたいんだ」

「ヒーロー？」

「そ。ジャンルはなんだっていいんだけどさ、ゲームの主人公みたいに、恰好良くなにかに立ち向かいたいの」

「だから、女の子は助けないといけないわけだ」

「うん。目先のイベントを無視しちまったら、いつまでも最初の村から出られない」

その子供じみた願望は、きっと素晴らしいものだ。

簡単にはヒーローなんかになれない世界でも。正義と悪は相対的で、立場によってくるくると入れ替わるものだったとしても。やがて彼が打ちのめされ、すべて投げ出し、膝《ひざ》を抱えることになるとしても。

たぶんそんなのはきっと、彼を止める理由にはならない。僕はもう、ヒーローなんてものに憧れていないけれど、でもそういう考え方は嫌いじゃない。

「ミュージシャンについては、どこまでわかっているの？」

と、僕は尋ねた。


ヒーロー。

辞書的な意味では、物語における男性主人公。

でもその言葉が実際に使われる時には、もう少し特別な意味を持つ。

ニュアンスを説明するのは難しい。おそらく人によって少しずつ意味合いが違うから、僕にはあくまで僕にとってのヒーローしか語れない。

僕のヒーローに、超人的な身体能力はいらない。悪を打ち砕くためなら我が身の犠牲も厭《いと》わない倫理観も、正体を隠す仮面とコスチュームも、颯爽《さっそう》としたテーマ曲も、ヒーローの本質ではない。

僕がヒーローを定義するなら、それはある種の欠落だ。

なにを持っているかで語るより、なにを持たないのかで語る方が、ずっとヒーローを定義しやすい。

たとえば、それは妥協を。

諦めて、納得し、目の前の現実を受け入れることを。悲劇でまみれた日常の中で、ほんの小さな幸福をみつけることを。それを持たない人間が、ヒーローだ。

ヒーローは歩みを止めない。

永遠に続くまっすぐな道を、へとへとに疲れきってもなお歩き続ける。途中に綺麗な花畑があってもそこで立ち止まらない。愛する人がいてもそこで立ち止まらない。ヒーローは止まり方を知らない。到達することのない幻想のゴールに向かって足を踏み出したらもう、諦めることを知らずにただ進む。

僕にはヒーローの幸福な結末を想像できない。

この世界にどうしようもない巨悪がいたとして。純粋な悪が必殺技で倒せるわかりやすい怪人の形をしていたとして。そんな幸福な奇跡があったとして。

その悪を倒しただけで納得できるヒーローが、一体どこにいるのだろう？　誰を倒したところで、何を倒したところで、この世界からすべての悲劇が消え去ることなんてあるはずがないのだ。悪の組織が滅んだ世界でも、誰かが自ら命を絶ち、誰かがお腹《なか》を空《す》かせて泣いている。それを見過ごせるのなら、僕の定義するヒーローではない。

僕のヒーローは、宿命的に、ハッピーエンドを受け入れられない。

穢《けが》れようのない純白みたいだ。それは一種の呪いでさえある。あらゆる色と混じり合わず、きっと赤も青も黄色も知らず、純白のまま消える。涙の汚れもないままに。

佐々岡はそうではないはずだ。

妥協も幸福も知っている混色であるはずだ。

もっとカジュアルに、ファッションかエンターテインメントのひとつとして、ヒーローになりたがっているのだと僕は思う。だからきっと、簡単に歩くのをやめてしまうことだってできる。

それでいい。

そうでなければ、友人になることさえつらすぎる。

ぼろぼろになってもまだ進むヒーローをみて、一体だれが笑えるというんだ。


ミュージシャンと呼ばれる女性は、黒髪の美人で、年齢は二〇代の後半。職業は不明だがおそらく社会人で、「ひと言も喋らない」という大きな特徴を持っている。ガレージキッドに姿をみせるのはおよそ月に一度の頻度だ。でも先月の二一日から二三日だけ、三日続けて現れている。

もちろんその情報から、完全に正体を特定できたわけではなかった。

でも思い当たることがあって、僕はまず佐々岡を食堂から追い出し、次にピンク色の電話機にコインを放り込んだ。

推理と呼べるほどのものじゃない、ただの当てずっぽうだったけれど、運が良かったのだろう。

僕は電話一本で、彼女をガレージキッドに呼び出すことに成功した。

14　佐々岡　午後三時四五分

昔から、友人が多かった。

その理由は佐々岡自身、なんとなく知っている。

佐々岡は滅多なことでは怒らないし、たいていの馬鹿げた話は、そんなものかなと受け入れてしまうことができた。豊潤な想像力がそれを可能にしていた。月の裏側に宇宙人の秘密基地があると言われればそれを克明にイメージできたし、公園の池に巨大なワニがいると言われれば佐々岡自身もその影をみたことがあるような気さえした。どんな話題でも真剣に耳を傾けるのが当然だったから、嫌われることがなかった。

一方で、心から親友と呼べる友人は、ひとりもいなかったように思う。

それは本来なら親友だったはずの相手と、友人としては出会わなかったからだ。彼は佐々岡の、一人きりの兄だった。ふたりは良く似ていた。兄は三つ年上で、まるで三年ぶん、佐々岡を成長させたようだった。姿だけではない。好きな食べ物や、気に入る物語や、笑う時に鼻をひくっとさせる癖まで同じだった。

傍からふたりの会話を聞いていた両親は、よく首を傾げていたそうだ。互いがそれぞれ、別々のことを好き勝手に喋っているように聞こえたから。一方が天気の話をしていると、もう一方が学校の話を始める。一方が美味しいホットケーキの作り方について説明していると、もう一方は昨夜テレビでみたサッカー中継の、芸術的なフリーキックについて返事をする。こんな風に。

だがそれはふたりにとっては、当たり前のことだった。佐々岡と兄はどこの国の言語でもない、ふたりのためだけの言葉で会話できた。ふたりだけが知っている文法上の複雑なルールがあり、ふたりだけが知っている辞書には載っていない言葉の意味が確かにあった。

兄と顔を合わせて言葉を交わすたびに、佐々岡は確かな手ごたえを感じていた。カードキーを使って電子ロックを開くような手ごたえだ。ドアノブの上の細いスリットに専用のカードキーを差し込むと、電子音が鳴ってロックが外れる。そのとき、指先にはなにも感じなくても、意識だけが察知する手ごたえがある。佐々岡はその「ぴ」という音を、実際に聞いたことさえあった。何度も、何度も。

――つまり、こういうのが「親友」なんだろ？

こういう風に通じ合っていて、こういう風に根っこのところが同じふたりが。

でもやっぱり、兄は兄で、親友ではない。だから佐々岡には親友がいなかった。兄と同じように深く繋がれる相手が、また別に現れるような奇跡は起こらなかった。

ふたりは暇さえあれば、想像上の出来事について語り合っていた。たとえばある日、空から奇妙な卵が無数に降ってきて、その中からモンスターが生まれる。モンスターは街を破壊していく。

佐々岡と兄は、そのディテールをどこまでも詳細に作り込むことができた。

卵は赤紫色をしていて、黒いニキビみたいな、気持ちの悪いぶつぶつが無数についている。大きさはさまざまで、野球のボールくらいのものから、トラックの荷台にも積めないほど大きなものまである。卵はだいたい三日で孵《かえ》る。そこから生まれてくるモンスターは深緑色の、カエルとワニの中間のような形状で、鋼《はがね》よりも固い甲羅を背負っている。そして全身が黄ばんだ、どろりとした粘液に覆われている。粘液は強い酸性で、触れたものをなんだって溶かしてしまう。人もビルも。銃だって効きやしない。銃弾も溶かしてしまうのだ。

そいつらは決して攻撃的じゃない。牙《きば》も爪も持っていない。ただ、のしのしと歩き回るだけだ。でも触れると溶けてしまうから、人々は逃げまどうことになる。

弱点は腹にある心臓だ。腹だけは皮が薄くて、裏返すとどくどくと脈打つ血管や心臓が透けてみえる。そこを思い切りハンマーでたたきつぶすのだ。ハンマーも溶けてしまうけれど、でも衝撃でダメージを与えることはできる。問題はやはり、強い酸性の粘液だ。そいつのせいで、裏返すことさえ難しい。

こんな話をしていると、佐々岡はいつだって、その奇妙な怪物は実在しているのではないか、という気がしてくる。そんなやつどうやって倒せばいいんだ？　と考え込んでしまう。すると兄が、適確な解決方法を教えてくれるのだ。

こんな風に。

「高いところから落とせばいいんだよ。そいつは重たい甲羅を背負っているから、必ず腹を上にして落ちる。オレたちはふたりで協力して、深い落とし穴を掘るんだ」

なるほど、と佐々岡は頷く。ならでかいハンマーのほかに、スコップが必要だ。それさえあれば、オレたちが世界を守れる。

空想の中では、ふたりはなんだってできたし、どこへだって行けた。佐々岡と兄に敵はいなかった。ありとあらゆる怖いものや、気持ちの悪いものや、納得できないものに立ち向かう勇気と、それらを打ち倒す叡智《えいち》を兼ね備えていた。

「主人公」

その言葉を好んで使い始めたのは、兄だった。

たぶん佐々岡が小学三年生か、四年生のころだ。具体的なエピソードは忘れてしまったけれど、そのとき、ひどく佐々岡は落ち込んでいた。非のないことで先生に叱られたとか、たぶんそういう、怒りや悲しみの持っていき場をみつけられないことがあったのだと思う。でもそんなの重要じゃない。

大切なのは、まず慰めとして、兄がその言葉を使ったことだった。

「オレたちは主人公なんだからさ、そんな日もあるよ」

佐々岡にはもちろん、兄の言葉の意味を正確に理解することができた。レモンときいてあの黄色い果実と、酸味や香りを思い出すのと同じように、主人公という言葉に付随する様々なイメージをストレートに受け取った。言葉がフィルターで濾過《ろか》されることもなかった。いちいち嚙《か》み砕いて、整理して、自分自身に向けた要約を用意する必要もなかった。

「だよな。仕方ないよな」

佐々岡は強く頷いた。

主人公という言葉は、すぐに身体に馴染んだ。サイズがぴったりの新しいスニーカーの靴紐《くつひも》をぎゅっと結んだときみたいに、その言葉と一緒に、どこまでも走っていけるような気がした。

――オレたちは主人公なんだから。

不条理な問題だって起こるし、わけのわからないモンスターだって現れる。でもこつこつとレベルを上げて、困難を打ち砕いた先にはハッピーエンドが待っている。

そう思うと、色々なことを許せた。悲しみも苦しみも一時的なもので、将来の幸福を盛り上げるためのスパイスなのだと信じられた。

あのころふたりは主人公に憧れていて、そして実際に、間違いなく主人公だった。それが錯覚だなんて、誰にもいわせない。

だが佐々岡と兄の繋がりは、ある日、ふいに断ち切られることになる。

佐々岡が小学六年生、兄が中学三年生のときだった。

その夏、高校受験のために、兄は短い合宿に参加した。二泊三日。たったの三日間だ。合宿から帰ってきたとき、兄はまったく変わってしまっていた。

佐々岡はちょうどそのとき、ひどい夏風邪をひいていた。高熱で意識がぼやけ、呼吸するだけで喉《のど》が痛かった。身体は麻痺《まひ》したように動かしづらく、膝の辺りから下に感覚がなかった。そこから腐っていくような気がして、ベッドの中で身体を丸めて、ふくらはぎをごしごしとこすった。

――オレは主人公なんだから。

と佐々岡は、何度も胸の中で唱えた。

――悪い奴らがオレを苦しめようとしているんだ。あいつらのやり口は知ってるよ。堂々と姿を現すのが怖いんだ。卑怯者《ひきょうもの》なんだ。だからこういう回りくどい方法でオレを苦しめるんだ。でも、大丈夫。オレはこんなもんに負けない。なんたって主人公なんだから。すぐに復活してやる。

もちろん佐々岡は、自分がただ風邪をひいているだけなのだと知っていた。クーラーをつけっぱなしにしたまま眠ったのがよくなかったのかもしれない。でもそんなことはどうでもよかった。佐々岡にとっては、「悪者の卑怯なやり口で苦しめられる自分」も間違いのない真実だった。現実かどうかなんて、本当は重要じゃないんだ。空想の中にだって真実はあるんだと、佐々岡は知っている。だって得体のしれない悪者について考えていると、確かに佐々岡は、少しだけ回復した。熱や喉の痛みを鼻で笑うことができた。――ふん、つまらないことしやがって。こんなもんに負けるかよ。

やがて、三日経《た》って、兄が戻ってきた。

彼が佐々岡の部屋に入ってきたとき、なんだかへんだなという気がした。いつもの手ごたえがなかったのだ。ぴ、という音が聞こえなかった。確かに解除されるはずのロックが、解除されなかった。

ベッドの脇《わき》に立って、兄は「大丈夫か？」と言った。

佐々岡はもちろん頷いた。腫《は》れ上がった喉の痛みをやり過ごして答えた。

「主人公はこんなことじゃへこたれないだろ」

兄に話したいことはいくらでもあった。ひとりっきりで、悪い奴の設定は散々考えたんだ。トリッキーな方法で、正義の力を持つ子供たちを次々に病気にしていく悪者だ。彼にも一緒に、そいつを倒す方法を考えて欲しかった。

だが、兄はぴくんと眉をあげた。どちらかというと不機嫌そうに。

「まだそんなこと言ってんのかよ」

彼は呆れた様子で、小さなため息をついた。

わけが分からなかった。目の前にいるのが自分の兄にはみえなかった。宇宙人にさらわれて、頭の中身をそっくり入れ替えられたのかと思った。言葉だけじゃない。仕草のひとつひとつに、視線を動かす先に、いちいち共感できなかった。

混乱して、上手く言葉がみつからなかった。

「お前も来年から中学生だろ。もうちょっと成長しろよ」

じゃあな、と言って、兄は部屋を出た。

鍵もかからないドアが閉まったとき、なんだか、もう二度と彼には会えないような気がした。


そして実際に、佐々岡は二度と、「自分と同じ兄」に出会うことはなかった。

彼とは好みが少しずつずれていき、会話がかみ合わないこともあった。あんなに似通っていた外見も、いつの間にかまったく違ってしまっていた。

そのことに佐々岡は、ずいぶん長いあいだ、混乱した。

兄がおかしくなったと、何度も両親に相談した。そのたびに佐々岡の方が叱られた。

兄の変化は、佐々岡のほかには誰にもわからなかったのだ。こんなにも違ってしまっているのに、いまだに「そっくりだね」と言われることさえあった。

どうしてだろう？　両親も、兄自身も、まるで昔からそうだったように振る舞っていた。そのことが不思議で仕方なかった。

兄が変わってしまった理由について、佐々岡は知らない。

推測することは、もちろんできた。受験という現実的な問題に立ち向かうのに精いっぱいで、彼はきっと、佐々岡と繋がっていた回線を閉じたのだ。容量が足りなくなったからいらないデータを消去してしまうように、佐々岡と彼が共通して持っていた荷物を、彼の方だけが捨てた。

兄の成績が思うように伸びず、志望校のランクを落としたと、何か月かして知った。でも佐々岡は、そんなつまらない理由で納得したくはなかった。

「オレたちは主人公なんだからさ、そういうこともあるよ」

あのときの彼は、間違いなく主人公だったのだ。主人公というのは、簡単に辞められるものではないはずだ。

三年後、佐々岡は兄が進みたがっていた高校に合格した。

さらにその二か月後に、階段島を訪れることになった。

＊

BGMには「ピエトロの旅立ち」のインストゥルメンタルを選んだ。優しい曲を聴きたかった。心を落ち着け、内側から癒《いや》してくれるような曲を。

なぜ七草にはミュージシャンの正体がわかったのか、どうしてその連絡先を知っていたのか、彼は教えてはくれなかった。

「それを秘密にすることが条件なんだよ」

と七草は言った。

「誰にだって秘密にしたいことのひとつくらいあるさ。ともかく、ガレージキッドに午後四時。これで充分だと思って欲しいな」

もちろん佐々岡にしても、重要なのはヴァイオリンのE線を手に入れることだ。ほかは目をつぶっていい。

七草は別の用があるとのことで、三月荘を出たところで別れた。

タイムリミットまで、およそ三時間。

このタイミングでミュージシャンがみつかるのは、劇的だ。その女性は必ずE線を持っているはずだと確信していた。現実だってそれくらい面白くていいのだ。たまには期待に応えてくれたっていい。

佐々岡は少しだけ兄のことを考えた。主人公でありたいとか、ヒーローになりたいとか、子供じみたことを主張し続けるのはたまに疲れる。でも隣に彼がいたなら、まったく違うはずだ。

——もうちょっと成長しろよ。

と、何度も兄の声が聞こえた。いや、それは兄の声ではなかったのかもしれない。もっと巨大で、得体のしれないものの声なのかもしれない。

きっとこの疲労を投げ捨てることを、そいつは成長と呼ぶのだろう。そういう風に言い訳して、楽な方に流れて、「村人A」みたいな人生を受け入れるのだろう。

ふざけるな、と胸の中で唱える。

佐々岡は誰か個人に怒ることも、苛立つこともまずない。兄の変化に対しても、混乱や失望はあったけれど、怒りはなかった。

反面で、いつだって、すべての現実に対して苛立っていた。どうしてこんなに、希望がわかりづらいんだろう？　敵が具体的ではないんだろう？　人生がゲームのようならよかった。努力は必ず報われ、最後にはあらゆるイベントがクリアできるように神さまが設定していたらよかった。でも違うのだと、もう知っていた。

それでもなお、主人公のように生きることには意味があるのだと、佐々岡は信じている。みんな嘘だとしても、きっと努力は報われいつかは問題をクリアできるのだと信じている方が、正しいに決まっている。

イヤホンからは「ピエトロの旅立ち」がリピートで流れる。やっぱり、ゲームミュージックはいい。現実の中の、ささやかな物語に没入させてくれる。——誰がなんと言おうと、オレが主人公だ。世界を救ってヒーローになるのはオレだ。それを諦めちまった奴らには、なんにも決めさせてやるもんか。

佐々岡は一二月の階段島を走る。日暮れにはまだもう少し時間があるが、太陽はずいぶん西に傾き、その光が弱くか細くなっていた。空が刻々と青みを増していた。冬の冷気と一緒に、その青が身体の中に沁み込んでくるように感じた。落ち着け、と言われているようだ。でも落ち着いてなんかいられない。

実のところ、これまで主人公のように振る舞って、主人公のような結果が手に入ったことは一度もない。今日は違うはずだ。オレを主人公にした物語が目の前で起こっている。今日オレはようやく、一本目のゲームをクリアするんだ。

一六時になる五分前に、佐々岡はガレージキッドの冷たいドアを開けた。薄暗い照明の中に、ゲーム画面が放つ光が並んでいた。そこにいる面々は、先ほど訪れたときからほとんど変わりがなかった。たったひとりを除いて。

なのにそのひとりのせいで、ガレージキッドの雰囲気は一変している。黙々と己を鍛えるジムのような場所から、スポットライトに照らされたリングへと。

今は誰一人として、ゲームをプレイしていなかった。同じような顔つきでひとりの女性をみつめていた。彼女は店の奥からこちらをみて、仄《ほの》かにほほ笑む。

派手な女性だ。

革製の黒いライダースジャケットを羽織っている。長い黒髪に、白い肌。真っ赤なルージュを塗った唇。まつ毛も作り物のようにボリュームがある。背は比較的高い。だがそれは底の分厚いブーツを履いているせいかもしれない。

どうしてこんなにも目立つ女性の正体が、未だに知られていないのだろう？　この狭い島で、道を歩いていてすれ違わないということもないはずだ。でも佐々岡も、その女性に見覚えはなかった。

「貴女が、ミュージシャンですね？」

佐々岡は確認する。

「オレはヴァイオリンのE線を探しているんです。できればオリーブというブランドのものがいい。持っていませんか？」

噂の通りに、彼女はなにも答えなかった。

無言のまま右手の親指で、リズムゲームの筐体を指した。

――なるほど。ボス戦ってわけだ。

佐々岡はポケットから財布を取り出し、そこに入っている硬貨の枚数を確認した。

15　水谷　午後三時四五分

水谷は豊川と一緒に、「バネの上」に入ってケーキを食べ、紅茶を飲んだ。甘いケーキと温かな紅茶で心を落ち着けたかった。

テーブルの上には、サンタクロースの帽子が載っている。豊川が誰かにつけられて、振り返るとそこに落ちていたものだ。

――サンタクロースが、彼女をさらうためにあとをつけていた？

そんな馬鹿な。きっと誰かのいたずらだ。なのにそのサンタクロースの帽子がなんだか気持ち悪くて、みているのも嫌だった。

ほとんど真下を向いた豊川が、視線と同じように抑えた口調で言った。

「もしも七不思議が本当なら、私のほかにもサンタクロースに狙われている子がいると思うんです」

「どうして？」

「だって。あれって、変わっているけれど、恋愛のおまじないみたいなものですよね？ならひとりだけって変な気がするんです。私より可愛い子もたくさんいるし」

「そうとも言い切れないと思いますけど」

「本当のことを言うと」

豊川が顔を上げて、切実な瞳をこちらに向ける。

「私、仲間が欲しいんです。もうひとりいたら、先生かだれかに相談してみます」

彼女の気持ちは理解できた。ひとりきりでは、やはり大事にしづらい。元々がまったく現実味のない話だから。

水谷は本心では、もしストーカーがいるのなら、それはサンタクロースではなくて、普通の人間だと思っていた。あの噂を知った誰かが、わざとサンタクロースの帽子を落としていった。相手が怖がる姿をみて喜ぶストーカーもいると聞いたことがある。でもその推測を、豊川に伝えることはできなかった。

——人間とサンタクロース、一体どちらがより気持ち悪いだろう？

答えは、人によって違うだろう。水谷自身は、普通の人間に後をつけられる方が、より恐怖として生々しい。

少なくともこんな説明、豊川は望んでいないはずだ。彼女が欲しがっているのはもっと純粋な味方だ。とにかく今は、なんにでも頷いてくれる相手が欲しいはずだ。

だから水谷は頷く。親切で丁寧な魔法の鏡をイメージする。

「わかりました。友達に、同じようなことが起こってないか聞いてみるね」

豊川は強張《こわば》った笑みを浮かべる。

「ありがとうございます。助かります、本当に」

「豊川さんは、もう寮に戻った方がいいよ。友達も管理人さんもいるところの方が安心でしょ？」

そうですね、と小さな声で、豊川は答えた。

水谷は店内の時計に視線を向ける。そろそろ、四時になる。

「送っていきます。その後で、友達にいろいろ聞いてみます」

とりあえず豊川の件は、こんなところだろう。

次の問題はポケットの中の、「緊急」と書かれた封筒だ。あれを早く時任に返さなければならない。

――封筒を開いた方がいいだろうか？

と、ほんの短い時間、考えた。それで封筒の方の問題も解決するかもしれない。少なくとも「緊急」の理由はわかるはずだ。

でも、やはり封筒を開ける勇気はなかった。とても個人的なことがそこには書かれているかもしれないのだ。送り主に、あるいは受け取り手に中を読んだことが知られてしまったら、トラブルに発展するかもしれない。人の手紙を勝手に読んだなんて噂が広がれば、人間関係にも影響が出る。

一方で緊急の手紙を長々と手元に留めていたなら、それはそれで問題になりそうだ。

冷静に考えると、ケーキなんか食べている場合ではなかった。さっさと豊川を寮に送り届けて、それから時任を捜さなければならない。

「行きましょう」

水谷は席を立つ。

豊川は、テーブルに載ったサンタクロースの帽子の扱いに、まだ悩んでいるようだった。覚悟を決めて、水谷はその帽子をつかみ取る。

「これは、一応私が預かっておくね。かまわない？」

彼女は嬉しげにほほ笑んだ。

「ありがとうございます」

やっぱり。

——私は他人の気持ちがわかる人間だ。

いつも正しく、誰にも嫌われない選択ができる。寮の後輩にもこうして優しく振る舞えるし、緊急の手紙も、見て見ぬふりなんかしない。あくまで善意で正しいところに送り届ける。これまでだってそうしてきた。今日もみんな、上手くやれるはずだ。

水谷はサンタクロースの帽子を、鞄の中に押し込んだ。


バネの上を出て、寮を目指す。

豊川はいくらか落ち着いたようだった。あるいは気持ちの悪いストーカーのことなんて話題にも出したくないのかもしれない。

ふたりはしばらく、バネの上で食べたケーキの話をしていた。水谷が食べたのはイチゴのショートケーキで、今日は特別に、Merry Christmas と書かれたチョコレートの板が載っていた。豊川はフルーツタルトを選んだ。普段なら一口ずつシェアするところだけれど、今回はそんな余裕なんてなかった。

もっと明るい話題を提供しようと、水谷は強引にほほ笑む。

「つい食べちゃったけど、今夜もケーキだよね」

豊川も笑って答える。

「そうですね。太っちゃいます」

「私、毎年、この時期はちょっと太るの。良くないと思ってるんだけど」

周りに合わせて食べてしまうから、どうしても太る。クリスマスが終わったら、しばらくダイエットに力を入れたかった。

「今夜のパーティは――」

話を続けようとしたとき、ふいに、豊川の顔から表情が消えた。

先輩、と緊張した声で、彼女はささやく。

「足音、聞こえませんか？」

「え?」

「後ろ。誰か、ついてきます」

嘘だ、と言いたかった。

でも確かに、一定のリズムで靴底がアスファルトを叩く音が聞こえる。速い歩調。それは少しずつ、こちらとの距離を縮めているようだった。

水谷は凶悪な人相のサンタクロースを想像する。そいつはあの特徴的な、優しさの象徴のような帽子をすでにかぶっていない。それでぎょろりとした目つきがむき出しになっている。

胸の中で、あり得ない、と唱えて、くだらない想像を振り払う。

「そりゃ、歩いている人くらいいますよ」

背後の足音すべてに怯えるなんて、馬鹿げている。寮はもうすぐそこだ。いちいちナイーブになる必要はない。

そう納得した、ときだった。

背後の歩調が変わった。走るというほどではない。だが明らかに、速く。

——どうして?

わけもわからず、ただ怖かった。

豊川が駆け出す。いや、水谷の方が先だったかもしれない。それはわからない。とにかくふたり、ほとんど同時に駆け出して、だがすぐに豊川が前に出た。

　待って、と叫びたかった。置いていかないでよ。貴女が持ち込んできた問題でしょ、責任取ってよ。

　でも、ぎりぎりの理性でそれを呑み込む。こんなとき、優しく頼りがいのある先輩はどうするだろう、と考える。嘘だ。上手く考えられない。頭がまっ白になる。

　豊川はすでに一〇メートルも先にいた。彼女は寮がある路地に駆け込む。水谷も一心にそのあとを追う。

　――やめてよ。走るのは苦手なんだから。私は走ると、すぐに。

　足が、もつれてしまう。

　路地に入る直前で、水谷は転倒した。それは高台からプールに飛び込むような、盛大な転倒だった。空中できゅっと目を閉じる。強《したた》かに額を打つ。どうすればそんな転び方になるのか、自分でもよくわからなかった。痛みよりも恐怖で、涙がにじむ。

　後ろから、足音が近づいてくる。

「大丈夫？」

　と、声が聞こえた。落ち着いた男性の声だった。

　背後にいるのは凶悪な人相のサンタクロースだと思い込んでいた水谷は、しばらく目の前のアスファルトを睨み、息を吐き出す。

「はい。大丈夫です」

それから、じんじんと痛む額をなでて、立ち上がる。

振り返ると、そこにいたのはハルさんだった。七草や佐々岡の寮の管理人で、水谷も親しいわけではないけれど、面識がある。

彼はいかにも心配そうな表情で身を屈《かが》めた。水谷は同年代の中ではいくぶん――表現のしようによっては、飛び抜けて――背が低い。まるで幼い子供を相手にするように、優しい口調でハルさんは言った。

「おでこ、赤くなってるよ。ずいぶん痛そうだ」

大丈夫です、ともう一度、水谷は答える。

「どうして追いかけてきたんですか？」

「ちょっと聞きたいことがあってね。急に走り出すから、つい」

先に声をかけてくれればよかったのだ。それだけで、こんな痛い思いも、恥ずかしい思いもしないで済んだ。

つい八つ当たりじみた、強い口調で尋ねる。

「なんですか？」

「大地、知ってるよね？」

「はい」

大地はハルさんの寮で暮らしている、小学二年生の少年だ。この島には小さな子供なんてほとんどいないから、どうしても目立つ。

「見当たらないんだ。ひとりで出かけることなんて滅多にないし、いつもならどこに行って何時までに帰ってくるのかちゃんと教えてくれるから」

舞台俳優のように大げさに、だが自然な雰囲気で、彼は「心配だ」と雄弁に語る表情を浮かべている。

「どこかでみかけなかったかな？」

「いえ――」

目先の問題は、豊川のストーカーのこと。緊急と書かれたあて先のない封筒のこと。それから本来の目的の、真辺へのプレゼント。

もう手一杯だ。これ以上はなにも背負い込めない。

そうわかっていたのに、彼の心配そうな顔をみていると、水谷はつい口にしていた。

「大地くんを捜すのを、お手伝いしましょうか？」

本当に優秀な魔法の鏡は相手が望む姿を映す。それに好まれる少女というのは、小さな子供には無条件に優しくするものだと知っている。

嬉しそうに「ありがとう」と答えるハルさんに向かって、水谷は胸の中だけで、深いため息をついた。

16　時任　午後三時四五分

小さな二階建てのアパートで、並んだ郵便受けに次々と、クリスマスカードを投函する。ポスティングのアルバイトでもしているような気分だった。突っ込むものが心のこもったクリスマスカードだったとしても、これだけの数があると、ただ無機質な紙の束にしかみえない。高額紙幣だって、印刷局の職員なら見飽きてしまうだろう。同じようなことだ。

そのアパートは各階に六部屋ずつ、合計で一二の部屋があった。だが入居者は九人だけだ。一階に二部屋と、二階に一部屋、空きがある。時任はこの島の住民を、ほぼすべて覚えていた。理性的で効率的な住所なんか存在しない島だから、丸暗記してしまった方が手っ取り早かったのだ。

九通のクリスマスカードの投函を終えて、アパートを出ようとした。そのとき前を通りかかったドアの向こうから、小さな物音が聞こえた。

それは、聞き間違いでなければ、泣き声のようだった。声を殺してすすり泣く誰かの喉から呼吸したときに不意に漏れた嗚咽《おえつ》のようだった。二〇四号室。そこは、長いあいだ居住者がいないはずの部屋だ。

あの七不思議のひとつを思い出す。

——魔女は階段島を監視するために、住人たちに手先を紛れ込ませている。その手先が、イヴに集まって行う秘密のクリスマスパーティがある。

入居者がいない部屋から物音が聞こえただけで、この噂に結びつけるのはさすがに想像力が豊かすぎるだろうか。ワンルームのアパートが「魔女の手下たちのクリスマスパーティ」に似合っているとはとても思えない。とはいえ、無人でなければおかしい部屋から物音が聞こえたのは確かで、少し気になる。

時任は薄い木製のドアに耳を押し当ててみた。だが、よくわからない。今はなにも聞こえない。——ほんのかすかに、水の流れる音がする。でもそれは別の部屋から聞こえるようだ。

時任はドアをノックする。じっくりと時間をかけて、三回。それから「誰かいるんですか？」と声をかける。

返事はない。ドアノブをつかんで回そうとしたが、鍵がかかっている。

あるいは隣の部屋から、ベランダを通してもらえば二〇四号室に入ることもできるかもしれない。

しかし「物音が聞こえたから」という程度の理由でわざわざ隣のドアをノックして、愛想笑いを浮かべて事情を説明して、スニーカーを脱いで人の生活空間を横断して——

といった手順まで踏む気にはならなかった。そろそろ日が暮れかかっているし、こちらにはまだ配らなければならないクリスマスカードがあるのだ。

それにしても、このクリスマスカードはなんなのだろう?

いったい誰が、どんな理由でこんなものを大量にばらまいているのだろう?

来年辺り、新しい噂が生まれるのではないだろうか。イヴには差出人不明のクリスマスカードが送られてくる、という風な。それは「凄腕のハッカー」なんて季節感のないものよりよほど、クリスマスの七不思議に似合っている。

時任は、本来なら誰もいないはずの部屋に背を向ける。

背後からまた、なにか音が聞こえた気がしたけれど、今度は足を止めなかった。

二話、なりそこないの白

1　七草　午後四時

まだ午後四時だというのに、すでに日は暮れつつあった。

空は青かったけれど、太陽はずいぶん傾き、足元の影が長く伸びていた。影は地面の凹凸に合わせて形を変えながら、僕の少しだけ先を進んでいた。水で溶かしたように薄い影だった。そのまますっと消えてなくなっても不思議ではなかった。

そのとき僕は、知人に会うために、学校に向かっていた。ちょっとした頼み事をしていて、その結果を訊《き》きたかったのだ。

島にたったひとつだけの学校は、山の中腹に建っている。だから生徒たちは通学の度に、息を切らせながらひたすら階段を上ることになる。

その長い階段が前方にみえてきた辺りで、僕は堀《ほり》の姿をみつけた。

堀は背が高く、目が細くて吊《つ》り上がっているから、なんだかいつも不機嫌そうにみえる。おまけに彼女は、滅多に口を開かない。自分の考えを表現するのがとにかく苦手な子だ。でもしばらく一緒にいると、心優しい、誠実な女の子だとわかる。

僕は他人を信用することが滅多にない——僕自身の、人をみる目にまったく自信が持てないのだ——けれど、堀のことは素直に信用している。もしなにかの犯罪が起こったとして、堀が犯人だと示す充分な証拠が揃《そろ》っていて、それを論理的に順序立てて説明されたとして、それでも「堀は無罪だと思います」と答える自信がある。

そんな相手は堀だけだ。真辺《まなべ》であれば、罪を犯すだけの正当な——あくまで真辺にとって正当な——理由がどこかに転がっていないだろうか、なんてことを、まず考え始めてしまう。

堀は目立たない色の、深いグレーのシンプルなチェスターコートを着ていた。マフラーは白に近い、淡いピンク色で、それでしっかりと口元を隠していた。

僕は彼女に向かってほほ笑む。

「メリークリスマス」

堀はしばらくじっと僕をみていた。それから、この音のない階段島でさえ消え入るような小さな声で、「メリークリスマス」と応《こた》えた。

目つきが悪くて喋《しゃべ》るのが苦手な女の子には、好感が持てる。でもどういう風に接すればいいのか、すぐにわからなくなってしまう。ぬいぐるみであれば本棚の上にでも飾っておいて、たまにほこりを払えばいいけれど、ちゃんと自分の意思を持っている現実の女の子を物のように扱うわけにはいかない。

たとえば一緒に、パーティの飾りつけのための色紙のチェーンを作るようなことであれば、堀と過ごす時間はきっと素晴らしい。安らかでなんの不満もない。でもこんな風に、予定もないまま道端でばったり出くわしてしまうと、愛想笑いを浮かべることしかできない。

僕は早々に、手を振って堀と別れるつもりだった。でも彼女がじっとこちらをみていたから、その場から動けなかった。できるなら彼女の小さな声は、ひとつも聞き逃したくなかった。

けれど、彼女はもう喋らなかった。

代わりにコートのポケットから、封筒を取り出した。

堀はその封筒を、そっと差し出す。気の弱いティッシュ配りみたいに。もし受け取っていただければ嬉《うれ》しいけれど、ご迷惑になるようなら、どうかそのまま歩み去ってください、という風に。

僕はもちろん、その封筒を受け取った。宛名《あてな》は僕になっていて、すでに切手も貼《は》られていた。でも消印は押されていない。

堀は喋らない代わりに、週末になるといつも長い手紙をくれる。推敲《すいこう》して、何度も何度も手を入れた言葉で、丁寧に彼女の考えを伝えてくれる。それはときに冗長で、細々とした注釈が過剰に書き連ねられていることもあるけれど、読んでいると温かな気持ちになる手紙だ。繰り返す。彼女はぬいぐるみなんかじゃない、自分の意思を持っている普通の女の子だ。

堀はとても繊細に、注意深く言葉を扱おうとする。僕みたいに平気で嘘《うそ》をついたり、大切なことをはぐらかしたりはしない。だから咄嗟《とっさ》にはなにも答えられなくなってしまって、いつも無言でいるのだろう。その代わりに、彼女は丁寧に相手の言葉を聞いている。週末に届く手紙を読めばよくわかる。僕はしばしば、その手紙を読むまで自分が言ったことさえ忘れているのだ。

堀の誠実さは、僕にとって好ましいものだ。彼女の存在に、僕は救われるような気持ちになる。真辺由宇とは少し違う意味で。でもだいたい同じ意味で。目にはみえないけれど確かに存在する、人の本質的な美しさを、彼女たちは持っている。きっとまっ白な、概念としての美しさのようなものを。

僕はその美しさに、強く心を惹《ひ》かれる。一方で、いつかその白が汚れてしまうのではないかと考えると、悲しくて悲しくて、目を閉じて、耳をふさいで、叫び声を上げたくなってしまう。階段島がどんな場所だったとしても、彼女たちがここで守られているのならそれでいいんじゃないかと、つい考えてしまう。そして夜が訪れるたびに金貨に関する夢をみる。

僕はもう一度、手元の封筒に視線を落とした。封筒は、いつも週末になると堀から届くものに比べれば、いくぶん薄いような気がした。

「ありがとう」

まっすぐに堀をみてお礼を言う。

背中の方から風が吹いて、それを正面から受けた彼女が、わずかに目を細める。

僕はできるだけ返事のいらない言葉を選んで喋る。

「今夜は、委員長の寮のパーティに呼ばれているんだってね。ぜひ楽しんできて欲しいな。僕はあまりクリスマスパーティに参加したことがないけれど、でも二四日の夜に、いろんな人たちがあちこちでパーティをしているのを想像するのは好きなんだ。楽しい想像を、現実だと信じられる機会っていうのは貴重なんだよ。少なくとも僕にとっては。来週の手紙も楽しみだ」

みんな本心だったけれど、口にするほど嘘っぽくて、つい笑ってしまう。

それじゃあ、と手を振って、僕は歩き出す。風はまだ後ろから吹いている。

知人とは、学校の図書室で待ち合わせしている。

彼に挨拶《あいさつ》する前に、静かな席に座って、堀からの手紙を読もう。できるだけ丁寧に封をしているシールをはがして。

そんなことを考えながら、長い階段の一段目に足をかけたときだった。後ろから、誰かが走ってくる足音が聞こえて、僕は振り返った。

そこには先ほど別れたばかりの堀がいた。走りづらかったのだろうか、彼女はマフラーを外し、右手に握っていた。弾んだ息で、そのマフラーを左手に持ち替えて、彼女は右手をこちらに向かって差し出した。

「ごめんなさい」

と堀は言った。

彼女にしてははっきりとした発音で。でもなにに謝っているのか、僕には少しもわからなかった。

「手紙、返して、ください」

一体、どうしたというのだろう。

封筒には確かに僕の名前があったから、渡す相手を間違えた、というわけではないはずだ。なにか文章上のまずい部分に気がついたのだろうか。

僕はポケットから、先ほど受け取ったばかりの手紙を取り出した。

「できれば、これを読んでみたいな。内容は誰にも話さないよ。自分で言っても信用できないかもしれないけれど、僕は口が堅い方なんだ」

彼女が一度伝えようとして、手紙にまで書いて、でもまた取り返したがっている言葉には興味がある。僕にとっては珍しい、純粋な興味だ。

でも堀は首を振る。

「ごめんなさい。お願い、だから」

彼女はきゅっと眉《まゆ》を寄せた。それはみている方の胸が痛くなるような、悲しみがにじみ出た表情だった。彼女の左目の下にある泣きぼくろが、本物の涙のようにみえた。

僕は封筒を差し出す。そうするより他にない。

堀はその封筒を受け取って、彼女にしては乱暴な手つきで、半分に折ってポケットに突っこんでしまった。

それから深々と頭を下げて、マフラーを巻き直して、こちらに背を向けた。

歩み去る彼女の背中を、僕はしばらく眺めていた。あの灰色のポケットに半分に折りたたまれて入っている彼女の言葉とはなんだったのだろう、としばらく考えた。もちろん答えなんてわからない。想像もつかなかった。

彼女はずいぶん遠くまで離れてから、肩越しにこちらを振り返った。それから僕がまだ彼女をみつめていたことに気づいて、少しだけ歩調を速くした。

僕は息を吐き出して、階段を上り始めた。

2　佐々岡　午後四時三〇分

完敗だった。

まずリズムゲームで負け、続けて格闘ゲームでも二戦続けて負けた。佐々岡《ささおか》は一通りのゲームジャンルをプレイしている。だからミュージシャンと呼ばれる彼女と自分の差がよくわかった。

内心で舌打ちする。

佐々岡には、大抵のことは器用にやれる自信がある。どんなゲームでもすぐに上達する。反面で壁にぶつかるのも早い。そこでたいてい、次のゲームに移ることになる。対戦で相手に勝つことにそれほど興味がないから、徹底的に技術を磨く必要性を感じないのだ。本質的に、飽きっぽいのだとも自覚していた。

佐々岡が背もたれさえないチープな椅子《いす》から立ち上がると、向こうに、つまらなそうにこちらをみつめるミュージシャンがいた。対戦ゲームのプレイヤーは、相手にも技術を求める傾向がある。やりこんだプレイヤーの中では「当たり前」とされることができないと、圧勝してもあからさまに落胆した表情を浮かべることもある。ミュージシャンの今の顔つきは、それだった。

感情を押し殺して、佐々岡は尋ねる。

「もうワンゲーム、いいですか？」

ミュージシャンは、なんの気負いもない様子で頷《うなず》いた。自分の絶対的な優位を確信しているのだ。それは佐々岡にもわかっていた。だが、すでにタイムリミットまで三時間を切っている。こつこつとレベルを上げている余裕はない。ミュージシャンにも経験の浅いジャンルはあるはずだ。それをみつけなければならない。

ざっと店内を眺めて、佐々岡は古典的な対戦パズルゲームを指す。

「あれでお願いします」

そのゲームは、佐々岡にしては珍しく、それなりの時間やり込んだものだった。一方で苦手意識もある。兄が好きだったゲームで、彼に相当負け越している。

ミュージシャンは席から立ち上がり、次のゲームの筐体《きょうたい》へと移動する。その足取りにためらいや動揺は感じられない。充分な自信があるのだろう。

佐々岡の胸の中に、焦燥感が募る。このタイトルでさえ彼女の方がやり込んでいたなら、もう技術で勝てるゲームはない。そしてガレージキッドには、運だけで勝てるようなゲームは置かれていない。

佐々岡はミュージシャンの対面に座り、コインを投入する。

モニターがデモ映像から切り替わり、モードを選択する画面になる。

対戦をメインにしたパズルでは、もっともメジャーなタイトルのひとつだろう。ゼリー状の奇妙な球体がふたつ一組になって落ちてくるから、それを操作してフィールドに並べていくゲームだ。

ゼリー状の球体はいくつかに色分けされていて、同じ色が四つ繋《つな》がると消える。一度消えたあと、さらに別の球体が繋がって消えることがあり、これを連鎖と呼ぶ。連鎖数が増えれば増えるほど高得点を獲得できる。

その得点に応じ、相手のフィールドに、いくら繋がっても消えない無色の球体を降らせられる。だからこのゲームの目的は、基本的には大きな連鎖を作ることだ。相手のフィールドをいっぱいにして、球体が落ちてくるいちばん上のマスを埋めれば勝ち。

一方で大きな連鎖は、作る過程で隙《すき》が生まれやすい。そこで相手のフィールドの状況に合わせて、大連鎖の脇《わき》で小連鎖を用意したり、小さい方を少し大きくしたり、二つの連鎖を繋げてより大きな連鎖を作ったり、といった様々な技術が要求される。

競技性の高いゲーム内容に反して、筐体から流れるBGMは妙に明るい。でもそんなことでは緊張感は薄まらなかった。覚悟を決めて、ボタンを押すとゲームが始まる。

モニターには佐々岡のフィールドの隣に、ミュージシャンのフィールドが表示されている。佐々岡は自分のフィールドでオーソドックスな形の連鎖を組みながら、ちらちらとミュージシャンのフィールドを確認した。相手のフィールドをみるのは、やり込んだプレイヤーにとっては当たり前の技術だが、純粋にミュージシャンの腕前が気になったというのもある。

操作は速い。だが彼女がどんな形の連鎖を組んでいるのかは、よくわからない。適当に設置しているだけだろうか？　いや、その割には迷いがなさすぎる。佐々岡は一秒か二秒、手を止めて相手のフィールドを注視する。それでも、よくわからない。じっくりみてもわからない形を組めるなら、それは相手の方が圧倒的に高い技術を持っているということだ。

――ま、知ってたよ。

たいていのゲームにおいて、佐々岡よりもミュージシャンの方が強いのだろう。こんなことならもっとひとつのゲームをやり込んでおけばよかった。でも、いまさら後悔しても遅い。とにかくできることに集中するしかない。

このゲームを選んだ理由は、プレイ経験のほかにも、もうひとつある。高い技術力が問われる一方で、運が絡《から》む要素も併せ持っていることだ。戦い方を選べば、運の要素を高めることだってできる。

佐々岡は、速攻、あるいは潰《つぶ》しと呼ばれる戦術を取った。

早々に連鎖を撃つ。ミュージシャンのフィールドのような、複雑な形の連鎖は観客を魅了するが、反面で序盤の攻撃に上手《うま》く対応できない場合も多い。

佐々岡は消える時間が短い二連鎖の中で、高い攻撃力を出すことを目指していた。複数の色を同時に消すとそれだけ威力が増える。三色同時けしを狙《ねら》いたかったが、落ちてくる色がかみ合わずに二色同時けしになった。一方で同じ色が多かったから、まとまって消える個数が増えている。これは連結とよばれ、やはり威力が増す。

ミュージシャンが対応できなければ、すでに彼女が組んでいる連鎖を押しつぶして、フィールドの半分ほどが埋まる。そして、彼女の対応の可否は、この状況では完全に運で決まる。必要な色が、時間内に落ちてくるか、こないか。

連鎖の効果音と共に、観客からどよめきが上がった。

彼らはミュージシャンの腕前をみたかったのだろう。だが、佐々岡は自身の有利を疑わなかった。相手の形と、落ちてくる色がかみ合っていない。彼女は対応できない。

勝った?

いや、違う。

ミュージシャンは、こちらの攻撃に対応しようとしなかった。速く高く、球体を積み上げていく。フィールドが半分まで埋まっても、連鎖の火種が消えないように。

直後、どん、と重たい音が響いて、佐々岡の攻撃が相手のフィールドに刺さった。

――ミュージシャンはここから、連鎖を繋げられるのか?

繋がらないはずだ。可能な状況じゃない。たぶん。

だがミュージシャンはこちらの攻撃を受けたまま、平然とプレイを続ける。やり込んだプレイヤー特有の、スタッカートがふたつずつ続く、リズミカルな操作音を響かせながら。

——気にするな。間違いなく、こっちが有利だ。

次の攻撃だ。とにかく速く、とどめを刺すんだ。

相手のフィールドは、すでにずいぶん埋まっている。押し切れるはずだ。二連鎖のダブルが理想。三連鎖でもいい。

引く色さえかみ合えば間もなく撃てる攻撃だ。ほら、もう形ができた。あとはひとつだけ、連鎖を始められる色がくれば。赤だ。赤がこい。なぜこない？　くそ、なんでオレは連鎖を伸ばしてるんだよ。そんなでかいのいらないんだよ。

佐々岡は息をとめてボタンを叩《たた》く。

——きた、赤だ。

すぐに連鎖を撃つ。なぜか五連鎖になっている。理想より大きい。連鎖の終了まで時間がかかる。でも大丈夫だ。相手の連鎖が繋がっているわけがないんだ。あのフィールドの状況では、無理をしても四連鎖がいいところだろう。こちらは五連鎖だ。結果的には冷静な判断だった。これで勝てる。

だが。

佐々岡が攻撃を終える前に、相手のフィールドから、連鎖の音が聞こえてきた。

なんだ？　なにを撃った？

相手のフィールドを確認する余裕はなかった。佐々岡は慌《あわ》てて次の連鎖を組む。その間もミュージシャンの連鎖音が聞こえている。三連鎖。四連鎖。ここで止まれ、と思った。止まれば佐々岡の勝ちだ。だが止まらない。五連鎖。六連鎖。

ミュージシャンの手元から響いていた、あの、攻撃的な操作音が止《や》んでいる。筐体から流れる連鎖の音をことさら誇張するように。演奏を終えた指揮者が、オーディエンスのスタンディングオベーションに向かって頭を下げるように。そして実際に、それは起こっていた。後ろで観戦していた人々からどよめきが上がった。ああ、さぞかし芸術的な連鎖なんだろうさ。ミュージシャンは繋がるはずのない状況から連鎖を繋げたのだから。

知ったことではなかった。佐々岡は自分のフィールドだけに集中する。その間も相手の連鎖の音は鳴り続けている。七連鎖、八連鎖。もう返せないと知っていた。負けた。ここからは反撃のしようがない。それでも意地になってレバーを握る。なんらかの、システム上は起こるはずのない奇跡を信じて。いや、嘘だ。本当はそんなもの信じちゃいない。ただ諦《あきら》めるタイミングを見失っただけだ。

効果音は、九連鎖目で止まった。

静寂はつまり、佐々岡が敗北する瞬間を示していた。

連鎖が終わると、相手の攻撃がこちらに降ってくる。まず五段。そのすぐあとに、また五段。佐々岡のマスが埋まり、画面に敗北時のメッセージが表示される。

わざわざ言われなくても、負けたことはわかっていた。

奥歯をかみしめる。

——赤が、もう少し早くきていれば。

いや。そういうことじゃない。

彼女の方が、圧倒的に強い。場を荒らそうとして、綺麗《きれい》に受け止められて、実力の通りに負けた。

ゲームは二本先取に設定されている。現在、スコアはゼロ対一。この相手から、続けて二本取れなければ、佐々岡の負けだ。

ミュージシャンはすでに決定ボタンを押し、次の対戦を待っている。

逃げ出したかった。だが、逃げられるわけもなかった。

佐々岡は、大きく一度深呼吸して、ボタンを押した。

——ここで勝てなきゃ、主人公じゃない。

苦し紛れに、何度も自分にそう言い聞かせていた。

3　水谷　午後四時三〇分

猫にもチョコレートにも様々な種類があるように、責任感にだって種類がある。

水谷《みずたに》は小学生のころから、責任感の強い少女だった。

どんな面倒なことでも最後までやり遂げたし、弱音を吐くこともなかった。一方でただ真面目《まじめ》なわけでもなかった。周囲の不真面目さには寛容だったし、友人の少し趣味の悪い話にも、あからさまな拒絶はしなかった。先生からみてもクラスメイトからみても、彼女の生活態度はほとんど完璧《かんぺき》なものだった。だから一部の、完璧なものを無条件で嫌う人たち以外からは、おおむね好意を向けられて育った。

その、ほんのささやかな出来事が起こったのは、小学五年生の秋だ。

授業が終わったあと、帰りのホームルームの前に掃除の時間というのがあって、水谷の担当は廊下だった。

もちろん水谷は、少しも手を抜かずに廊下を掃除した。まず箒《ほうき》を使って綺麗に埃《ほこり》を取り除き、それから二回も雑巾《ぞうきん》がけをした。窓ガラスやサッシは、新しい雑巾を使って拭《ふ》いた。そういうことをてきぱきと、集中力を切らさずに続けるのが得意だった。

たまたま通りかかった先生に、ずいぶん褒められたものだ。真面目で素晴らしい、みんなに水谷さんを見習ってほしい、とそういうことを言われた。水谷は、少し照れくさかったけれど、もちろん誇らしくもあった。

でも、そのときだ。先生の目の前で、外の掃除の担当だった男子生徒が、運動靴を履いたまま廊下に入ってきた。おそらく鬼ごっこかなにかをして遊んでいて、夢中になってしまったのだろう。

掃除の時間だったことに加えて、校舎では上履きに履き替えることに決まっていたから、男子生徒はこっぴどく担任の先生に叱《しか》られた。

「みてみなさい」

と、先生は廊下を指さした。

そこには点々と、運動靴の黒い足跡が残っていた。

「綺麗に掃除してくれた水谷さんが悲しむと思わないの？」

そう言われて、衝撃を受けたのは、男子生徒よりもむしろ水谷の方だった。

汚れた廊下をみても、ちっとも悲しくなんてなかった。

でも先生がなにか期待しているような目でこちらをみるから、仕方なく悲しんでいるふりをして、愛想笑いを浮かべて、「でもすぐに落ちると思います」と答えた。先生の期待には応えたかったけれど、こんなことで男子生徒に恨まれるわけにもいかなかったのだ。

実際にすぐ、水谷はその足跡を拭き消した。

悔しさも、悲しさも、なにも感じなかった。少し意外だっただけだ。

――先生は、廊下を綺麗にするために、私が掃除をしたと思っているんだ。

それはまったくの勘違いだ。

水谷にとっては、廊下が綺麗になることなんて、副産物のひとつに過ぎない。買い物のレシートみたいな、どうでもいい付属物だ。

――私はただ、先生がみたいものを映す鏡なのに。

嫌われたくないから、できるなら褒められたいから、精一杯掃除をするだけだ。あとで廊下がどうなろうが知ったことではない。

この一件で、水谷は自分自身の責任感の出所を、はっきりと自覚した。

＊

すでに日は暮れかかっていた。

西の空には美しい夕日が燃えるように輝いていた。けれど水谷の気分は憂鬱《ゆううつ》で、足取りの一歩一歩が重かった。

目の前に雑然と並ぶ問題を、水谷はもう一度確認する。

迷子になった大地《だいち》少年をみつけること。

緊急と書かれた封筒を、時任《ときとう》に渡すこと。

サンタクロースのストーカーに遭った女の子が、豊川《とよかわ》のほかにいないか調べること。

最後に、真辺由宇へのプレゼントを買うこと。

もちろん水谷は、どれひとつとして放り出すつもりはなかった。丁寧に廊下を掃除するように、誰にも嫌われないために、できるなら褒められるために。

けれど、もう二時間半ほどでクリスマスパーティが始まってしまう。それまでに今抱えているすべてを解決できるとも思えない。厄介事を抱えたまま、パーティに参加していいのだろうか。

落ち込む、というよりは苛立《いらだ》ちに似た感情で、水谷は考える。

――そもそも私ができぱき問題を解決するなんて、誰も期待していないんだ。結果を出せなくても、精一杯の努力をしたのだとわかれば、みんな満足してくれるはずだ。今できる、精一杯の努力とはなんだろう。いったいどうすれば、みんな納得してくれるだろう。

とにかく演じきるんだ、と水谷は決める。

心優しい少女を。誰も傷つけない善人を。文句のつけようのない優等生を。

記憶にある、真辺の声がリフレインする。

――人に合わせてばかりだと、自分にできることがわからなくなるよ。

水谷は首を振った。

そういうことではないのだ。「できること」と「できないこと」なんて、はっきりとわかっている。問題を解決するのは、できないことだ。できるのは、優しく声をかけること。相手に合わせて頷くこと。無力でも味方として振る舞うこと。本当の意味で正しい魔法の鏡でいること。

今日だって、上手く乗り超えられるはずだ。誰も助けられなくても、誰も傷つけないように。すぐに敵を作る真辺由宇とは違う。

「水谷さん」

ふいに、後ろから声をかけられた。

振り返る。そこには、真辺由宇がいた。

彼女のことを考えていたところだったから、軽く驚く。

いつも通りの真面目な顔で、「ちょうどよかった」と真辺は言った。

「訊きたいことがあるんだけど」

つい顔をしかめて、「なんですか?」と尋ねる。彼女まで、さらに厄介な問題を持ち込んでくるというのだろうか。

彼女は軽く首を傾《かし》げる。

「水谷さん、なにか欲しいものはある?」

「欲しいもの？」

「うん。クリスマスのプレゼントに。パーティに招待してくれたんだから、なにか用意した方がいいってアドバイスをもらって」

水谷は、自分で把握しているよりもずっと、疲労がたまっていたようだ。

真辺の言葉に激しく苛立って、自分自身驚く。それは不条理な感情だとわかっていたけれど、上手く抑えられなかった。

「勝手に選んでください」

と、つい刺々《とげとげ》しい口調で答える。

――だって、ずるいじゃないか。

プレゼントの内容を相手に尋ねるなんて。そんなの、ほとんどお金を贈るのと同じことだ。きちんと相手のことを考えて、自分の意思でプレゼントを選ぶ過程にこそ意味があるのに。

こんな価値観は、他人に強要するべきものではないとわかっていた。ドライな考え方をするなら、欲しいものを相手に尋ねた方が効率的だ。その姿勢を誠実だと呼ぶことだってできる。わかっていたのに、今は上手く感情を抑えられなかった。

「私は忙しいんです。色々としなければいけないことがあるの。プレゼントなんか、なんでもいいから自分で考えてください」

こんなにも攻撃的なことを口にするのは、いつ以来だろう？

それも、とくに非があるわけでもない同級生に向かって。

相手の感情を読んで、求めている返事をするのが得意なはずだった。問題を起こさない、本当の意味で優秀な魔法の鏡でいられるはずだった。なのにその鏡にひびが入っていた。どうして真辺にだけ、感情を抑えられないのだろう？

――いや。理由なんて、わかりきっている。

水谷は手加減せず、鋭利な刃物を振りかぶって突き刺すように、攻撃的な言葉をぶつけたつもりだった。なのに真辺由宇はぴくりとも表情を動かさない。

「そっか。忙しいなら、あんまり引き留められないね」

彼女は平気な顔で頷く。

こちらの感情なんて、視界にも入っていない。

真辺由宇にしてみれば周りの人のことなんて本当にどうでもよくて、人格なんてあってないような人形の群れで、水谷もそのたくさんの人形のひとつくらいにしか思っていないのだろう。

胸の中に黒い感情が広がって、ため息が漏れる。

――これが、私が真面目に生きてきた理由だ。

私を無視しないでよ、と叫びたかった。

水谷はずっと、自分の価値を認められたかった。人に好まれて、信用されて、頼られて。それが人生のすべてだと信じていた。

そのためなら、なんでも聞き入れられる。聖人のように優しくだって振る舞える。自分自身を切り捨てて、綺麗な鏡でいられる。

なのに。

「なにか私に、手伝えることはあるかな？」

真辺由宇は落ち着いた口調で、堂々と告げる。

彼女と相対していると、いつも敗北感に苛《さいな》まれる。相手にされていないから、彼女の都合だけで、優しい言葉さえかけてくれる。

水谷はその場に泣き崩れたいような気持ちだったけれど、そうするわけにもいかなくて、どうにか真辺由宇を睨《にら》んだ。

「じゃあ、お願いします」

いったい彼女に、なにができるっていうんだ。

「私はとても困っているから、助けてください」

誰のためでもなくて。

ただ、真辺由宇も自分と同じように無力なのだと証明したくて、水谷は彼女の協力を受け入れた。

大地の捜索と、緊急の手紙と、サンタクロースのストーカーと。

三つの説明を終えると、真辺は「なるほど」と頷いた。説明のために渡していたサンタクロースの帽子を手にしたまま、彼女は首を傾げる。

「これ、借りていい？」

「いいですけど、どうして」

「なにか手がかりになるかもしれないから」

真辺はその帽子を頭に載せる。気味の悪いストーカーが落としていったと、たった今説明したばかりなのに。顔色も変えずにサンタ帽をかぶって、彼女は言った。

「水谷さんはすごいね」

「え？」

「いろんな人に頼られてる。私なんか、ハッカーをみつけだすのに必死で、それも上手くいってないのに」

褒められるとは思っていなかったので、なんと答えていいのかわからない。別の誰かが言ったなら、嫌味として受け取ったかもしれない。でも真辺がわざわざそんな、遠回しな嫌がらせをするはずがない。彼女はこちらを相手にもしていないのだから。

真辺は珍しく、わかりやすい笑顔を浮かべる。

「困っている人をみんな助けて、ヒーローにでもなるつもりなの？」

なんだ。それ。

水谷は首を振る。

「私はただ、誰にも嫌われたくないだけです」

「なるほど。そういう風に答えればよかったんだ」

満足した様子で、彼女は頷く。

「ずいぶん前に、同じことを訊かれたの。でも上手く答えられなかったから」

「真辺さんは、誰に嫌われても気にしないでしょ」

「そんなことないよ。私も嫌われたくないな。できれば誰にも」

信じられなかった。

人間関係の恐怖みたいなものを、彼女が知っているとは思えない。

けれど真辺は、その話題を長々と続けるつもりはないようだった。彼女は右手を差し出す。

「まずは手紙から片づけよう。緊急って書いてるやつ。貸して？」

わずかに、躊躇《ためら》った。自分の仕事を放り投げるようで。

でも手紙を真辺が担当してくれるなら、少し気が楽になる。水谷は鞄《かばん》から手紙を取り出して、真辺に渡した。

彼女はその表裏を確認して、それから、自然な手つきで封を切った。

あまりに驚いて、声も出せない。その行為は先ほどまでの会話とまったく矛盾している。誰にも嫌われたくない人が、どうして誰のものだかもわからない手紙の封を切れるんだ。

ふた呼吸ほど後で、ようやく水谷は口を開く。

「なにをしてるんですか」

真辺は、平気な顔で便箋《びんせん》を開く。

「手紙を読んでるんだよ、もちろん」

「怒られます。プライベートな内容かもしれないし」

「うん。そうだね」

「そうだねじゃありません」

つい叫び声を上げてしまう。

なのに真辺は、猫のあくびみたいに間の抜けた声で答える。

「でも時任さんに渡しても、同じようにするしかないと思うよ」

「仕事ならいいんです。そういうものです。たぶんマニュアルがあると思うし」

「私にもあるよ」

彼女の声は、大きくもないのに、奇妙に存在感がある。どうしても耳に残るから、聞こえないふりをしたくなる。

「マニュアルみたいなもの。足を踏み出すタイミングっていうか、そういうの。私はたぶん馬鹿《ばか》だから、とりあえず信じることに決めている」

「信じるって、なにをですか」

こちらの言うことなんて、なにも信じてくれないくせに。

「目にみえるものだよ。この手紙には緊急って書かれているから、急がないと」

その答えは単純で。

あまりに単純で、馬鹿げていて、水谷には反論できなかった。殴られると思って、目を閉じたら、抱きしめられたような。想像とはまったく違う種類の衝撃にどう対応していいのかわからなくて、ただじっと真辺の顔をみつめた。

——だから、嫌いなんだ。

真辺由宇はきっと、本当に廊下を綺麗にするために、掃除をするのだろう。

それほど純粋で、まっすぐで、正しいのだろう。

水谷はそんな人間が、集団に受け入れられないことを知っている。もっと複雑な、はっきりとしない、歪《ゆが》んで捻《ね》じれてぐにゃぐにゃになった針金を力ずくでまた伸ばして波打った線にするような、それを掲げて直線だと言い張るような手順を踏まなければ、正しいままで集団には加われない。

歪みもしないままの直線なんて、好きになれなくて当然だ。誰だってそれが正しいことを知っているんだから。美しいと知っているんだから。そのままなんてずるいこと、許されるはずがない。

真辺は手紙を折りたたんで、封筒に戻した。

「大地の居場所がわかった」

「どうして?」

「書いてあったもの。忙しいところ悪いけど、これ、七草に渡してくれるかな?　午後五時にあの長い階段の下に行けば会えるから」

真辺はすでに封を切った封筒を、こちらに差し出す。

思わず受け取っていた。

「七草くん宛《あ》てだったんですか?」

「違う。宛て先は書かれてなかった。でも、私は先に行かないと」

七草に伝えておいて、と言い終わるころにはもう、彼女はこちらに背を向けて駆け出していた。

綺麗な走り方で。こちらの感情なんか、みんなおいてけぼりにして。

赤いサンタクロースの帽子が、急速に遠ざかっていく。

4　時任　午後四時四五分

暴力的な量のクリスマスカードもそろそろ底がみえてきた。

とはいえ郵便局の事務的な業務は手つかずなので、今夜は何時まで仕事が続くかわからない。

――メリークリスマスみたいな、ありきたりな言葉をばらまいて、いったいなにになるっていうのよ。

なんて、心の中で悪態をついてみるけれど、振り返ってみるとそう悪くないイヴだったかもしれない。

たとえば、日記をつけてみてはどうだろう？

一二月二四日、晴れ。一日かけて、数百通のメリークリスマスを届ける。

こんな書き出しから始まる文章は、なかなか悪くない。

日が落ちて、気温は一層下がっていた。

道路の脇にぽつぽつ並んだ窓から明かりが漏れ始めるこの時間が、時任は嫌いではない。すぐ隣で誰かが生きているのだ、と実感する。呼吸しているだけではなくって、確かな日常をしっかりと生きているのだと。

ある寮からは、調子の外れたジングルベルが聞こえてきた。すでにパーティが始まっているようだ。別の寮には、あの特徴的な、ホールケーキ用の白い箱を持った少女がちょうど入っていくところだった。時任はそれぞれの郵便受けに、メリークリスマスを突っ込んでいく。手早く、でも封筒が傷つかないように注意を払って。

クローバーハウスという名前の寮の郵便受けの前に立ったとき、声をかけられた。内緒話のような、小さな声だ。

「すみません」

まだ子供という言葉で一括《ひとくく》りにできる、中学生くらいの女の子が立っている。この寮に入っている学生だ、ということはすぐにわかった。でも名前は出てこなかった。島の住民の名前と住所はたいてい一致するけれど、名前と顔が一致するとは限らない。

「なに？」

尋ねると、その子は言った。

「時任さんは、この島に詳しいですよね？」

「ま、それなりにね」

「じゃあ、ヴァイオリンを持っている人を知っていますか？」

ヴァイオリン。似た質問を、最近聞いたことがあった。

「貴女《あなた》も弦を探しているの？」

問をした。

「他にも、探している人がいるんですか？」

「友達の友達、かな。男の子がね。確か、オリーブっていうブランドのE線」

佐々岡という名前だったように思う。昨日、彼も時任のところにやってきて、同じ質問をした。

「残念だけど、私は知らないな」

昔、ヴァイオリンをやっていた知人ならいるけれど、彼女は楽器を手放している。

少女はやや視線を落とし、不安そうな表情を浮かべている。

「この島で、ヴァイオリンの弦を手に入れられると思いますか？」

「どうでしょうね。私にはわからないな」

普通に探しても、きっとみつからないだろう。裏技のような方法なら思いつく。でも裏技なんてものは、知識がなければ実行できない。

ありがとうございます、と小さな、やはり不安そうな声で、少女は頭を下げた。

「これ、貴女の寮のぶん」

時任は「メリークリスマス」という言葉と共に、クリスマスカードの束を差し出す。

「だれからですか？」

「さあ。貴女にも届いているなら、開けてみたら？」

少女は頷いて、クリスマスカードの束をぱらぱらと確認する。

どうやら、彼女宛てのものをみつけたようだ。宛て先が豊川となっている一通を抜き出して、封を開く。星の形をしたシールで止められているだけだから、ペーパーナイフを使わなくてもそう見栄《みば》えが悪くならない。

一枚だけ入っていた便箋をのぞき込んでいた少女は、すぐに顔を上げる。それほど長い文面ではないようだ。

「誰からだった？」

と時任は尋ねる。

眉を寄せて、彼女は首を振る。

「書いてません」

「そう。どんな内容なの？」

少女はしばらくためらって、でも、便箋をこちらにみせてくれた。プリンターで出力したものだろう、無個性な明朝《みんちょう》体が、なんの遊び心もなく並んでいる。

＊

メリークリスマス

素敵なクリスマスをお過ごしになれますよう、お祈りしております。

あなたは、「クリスマスの七不思議」をご存じでしょうか？

そのうちのひとつに、こんなものがあります。

階段島のイヴには必ず雪が降る。

誰かが望んでいるものをプレゼントして、でもお返しがもらえなかった人は、雪が降る夜空に向かって願い事を唱えると、それが叶《かな》う。

信じられないかもしれませんが、階段島は不思議な島です。

もしかしたら、真実かもしれません。

イヴの夜、もし雪が降ったら、思い出してください。


ところで「バネの上」の店主が、ヴァイオリンのE線を探しています。

できればオリーブというブランドのものが好ましいそうです。

もしお持ちでしたら、プレゼントしてみませんか？

弦を贈れば、イヴの雪があなたの願い事を叶えてくれるかもしれません。


それでは、よいクリスマスを。

5　七草　午後四時四五分

「いや。誰もみていないね」

と一〇〇万回生きた猫は言った。

彼は、簡単に紹介するなら、僕の友人だ。とはいえその言葉の定義はよくわからないし、面と向かって「友人だ」といえば彼は鼻で笑うだろうけれど。

僕はこの島に、信用している人間が三人だけいる。真辺由宇、堀、それから一〇〇万回生きた猫。それぞれ別の理由で信用しているけれど、言葉の定義は同じだ。なにをされても、どれだけこっぴどく裏切られたとしても、この三人なら僕は許せる。ほかの人が相手であれば、怒りも湧《わ》いてこないだろう。ただ黙って距離を取るだけだ。

僕にとっては数少ない、信用できる友人の——とまとめてしまうとなんだか冗談みたいだ——一〇〇万回生きた猫に、ひとつ頼み事をしていた。今日一日、学校の裏から山頂に向かって延びる階段を見張っていてもらったのだ。

その結果を聞くために、冬休み中も開放されている学校の図書室までやってきた。図書室からは、目当ての階段がみえる。

この図書室は、決して蔵書が多いとはいえない。書籍の管理もアナログで、蔵書リストは紙のファイルだし、貸し出しの手続きは図書カードに名前を書く方式だ。本のほかには椅子と机くらいしかないから、わざわざ休日にまで、あの長い階段を上ってここまでやってこようという生徒はあまりいない。

今は数人がばらばらに席に座り、黙々と本を読んでいる。一組だけ、男女が仲良く隣り合って座っているけれど、会話はない。しばしばページをめくる音がして、そんな音が際立《きわだ》って聞こえるくらいに静かな空間だった。

抑えた口調で、ぼそぼそと一〇〇万回生きた猫は言う。

「今日はだれも、あの階段を通っていないよ。人も、魔女も、猫も。おそらくね」

おそらく、と僕は反復する。

「ずいぶん暇だったたからね。途中でうたた寝したかもしれない。猫はすぐに眠くなるんだ」

もちろん一〇〇万回生きた猫は、猫ではない。

僕よりも背の高い青年で、年もひとつ上だ。とはいえ人間であれ、誰であれ、変化のない静かな階段を何時間もただ見張っているのは苦痛だろう。彼が一時間寝ようが二時間寝ようが文句は言えない。

「わかった。ありがとう」

と、僕は言った。

一〇〇万回生きた猫は肩をすくめる。

「さて、オレの一日には、どんな意味があったんだろう?」

「僕のためになった。とても」

「君があの階段を見張りたかった理由を知りたいね」

「魔女が下りてくるかと思ったんだよ」

「どうして?」

「パーティに招待されてるかもしれないだろ? 今夜はイヴだ」

「魔女がキリストの降誕祭を祝うのかい?」

「この国におけるクリスマスには、そんな宗教的な意味はないよ。僕の知る限りでは」

なにかプレゼントを贈るよ、と僕は言った。さすがに一日拘束しておいてなにもなしというのは気がひける。

「ならトマトジュースがいい」

と一〇〇万回生きた猫は答える。

彼はよくトマトジュースを飲んでいる。

「コンビニにあるだけ買い占めてくるよ」

「あそこのはダメだ。塩が入っていない」

「無塩の方が健康にいいんじゃないの?」

「君、まさかオレが、健康のためにトマトジュースを飲んでいると思っているわけじゃないだろうね？」

「いや」

彼がトマトジュースを飲む理由なんて、考えたこともなかった。

一〇〇万回生きた猫は、呆《あき》れたように笑う。

「なんにせよ、好きな味を我慢して生きるのが、健康的だとは思えない」

「無塩のトマトジュースと塩を贈るんじゃダメかな」

「ダメだよ。猫はとにかく面倒なことが嫌いなんだ」

「わかった。できるだけ、塩が入っているものを探してみる」

また探し物が増えた。なにをするにしても、探し物ばかりだ。

「ありがとう」

と僕は、もう一度言った。

「どういたしまして」

と一〇〇万回生きた猫は答えた。

僕は時計をみる。もうすぐ五時になる。

五時は図書館が閉まる時間だし、真辺との待ち合わせの時間でもあった。

6　佐々岡　午後四時四五分

スコアは一対一になっていた。

佐々岡とミュージシャンが対戦しているパズルゲームは、いってみれば「勝率の奪い合い」がテーマだ。

一手一手、少しずつ互いの勝率が変化していく。小さな連鎖の応酬で相手のフィールドを崩し、こちらの勝率を高める。充分に勝率が高まったら――もちろん理想は一〇割だ――本線と呼ばれる大きな連鎖を撃つ。

二試合目では佐々岡が、大きな連鎖を撃たされた形だった。小競《こぜ》り合いについていけず、ギブアップする形で佐々岡から本線を撃った。こちらの連鎖が終わる前に、相手がより大きな連鎖を作り上げて撃ち返すことは目にみえていた。勝率はおそらく、二割から三割といったところだろう。

佐々岡はじっと相手のフィールドを睨んでいた。ミュージシャンの連鎖の形は相変わらず複雑だ。じっくりみても、どうにか「こういう風に繋がっているのだろう」と感覚的に読み解ける程度だった。

だがミュージシャンは、最後まで連鎖を撃たなかった。

必要以上に大きな連鎖を組もうとして、時間がかかり過ぎ、その間に佐々岡の連鎖が完了した。こちらの攻撃が突き刺さり、あっけなくミュージシャンは敗れた。

――どうして？

これまでの相手のプレイをみる限り、こちらの連鎖数を把握できていなかったとは思えない。佐々岡は極めてオーソドックスな、わかりやすい連鎖しか組んでいない。今みたいに連鎖を伸ばし過ぎず、何手か前に攻撃に転じていれば、ミュージシャンの勝利だったはずだ。

――手を抜かれたのか？

だとしても、悔しいとは思わなかった。

ゲームが上手いプレイヤーは、それだけで尊敬の対象だ。しかも佐々岡には負けられない理由がある。ヴァイオリンのE線を、なんとしてでも手に入れなければならないのだ。こんな状況で真剣勝負にこだわるのは馬鹿だ。

なんにせよ、チャンスが生まれた。

あと一本取った方が、勝利だ。

相手の方が圧倒的に強いとしても、運が絡むこのゲームでは、たまたま一試合くらい転がり込んでもおかしくはない。

互いにボタンを押して、三戦目が始まる。

胸が高鳴っていた。気持ちのよい鼓動ではなかった。今すぐ逃げ出したい。どうしてこんなに緊張しながら、ゲームをプレイしなければいけないんだ。

佐々岡は極度の緊張が苦手だった。得意な人間なんていないだろう。そんなことはわかっているけれど、でも嫌なものは嫌で、ひとつのゲームを突き詰めてプレイすることがなかった。佐々岡は大抵のゲームでクラスメイトたちには圧勝できたけれど、娯楽を超えて、真剣勝負としてゲームをプレイする気になれなかったのは、緊張感に抵抗があったからだ。

——ずっと、オレは主人公じゃなかった。

知っている。

このゲームに関しては、佐々岡よりも兄の方が強かった。兄に負けるのは、そりゃ悔しかったけど、でも勝てるようになりたいとも思わなかった。そういうのは窮屈で、疲れる。高い壁を超えようと歯を食いしばるくらいなら、負けてもへらへら笑っている方が心地いい。

勝たなければならないゲームは、嫌いだ。

——だから、いけないいんだ。

佐々岡が憧《あこが》れる主人公は、勝たなければならない戦いばかりを強いられていた。プレイヤーはコンテニューできると知っていても、主人公はそんなこと考えもしない。佐々岡は今日初めて、彼らと同じ立場にいる。

極度の緊張感の中で、ひとつだけ決める。

——実力以上のことを考えるのは止めよう。

兄との対戦で、格上に対してもっとも勝率が高い方法は知っている。自分の画面だけをみて、自分のことだけを考えて連鎖を組んだ。小さな攻撃は受けても問題のない形にしておく。耐えられないほど大きな攻撃がきたら、すぐに全力で反撃する。相手はみない。ただ状況に反応する。自分だけでゲームを完結させる。

敵のことなんか忘れていい。

そう考えたとたん、相手のフィールドがよくみえるようになった。どんな形の、どんな連鎖を組んでいるのか、肌で理解できた。でもそんなこと気に留めない。意識を自分のフィールドに固定する。降ってくる色に合わせて、形を作る。

不思議と時間がゆっくりと流れている。操作に失敗する気がしない。それまでよりも連鎖の形がすんなりとイメージできて、効率的に組みあがっていく。邪魔な色を消し、自分のフィールドを綺麗にする。それも相手への、ささやかな攻撃になる。知ったことじゃない。自分の流れにだけ従う。

フィールドの半ばほどまで積みあがったとき、相手の方から、連鎖が始まる音が聞こえた。

さすがに、ちらりとそちらをみる。二連鎖のダブル。速い。対応できない。もともと対応する気もなかった。予定通りに受ける。二段と二つ、色を持たない球体が降る。それでもこちらの連鎖は死なない。少し修正すれば大きな連鎖を撃てる。

その、少しの修正にかかる時間が、致命的だと判断したのだろう。

相手はすぐに長い連鎖を撃った。

わかりやすい状況だ、と思った。

敵の連鎖が消えてしまう前にこちらが連鎖をくみ上げれば勝ち。間に合わなければ負け。勝率は五割だ。本当は知らない。たぶんそんなもんだろ。五割で勝てる。

――いや。

必ず勝つ。主人公とは、そういうものだ。そう決まっているんだ。デジタルな世界のルールみたいなもので。あるいはそのデジタルから生まれるアナログな感情で。

時間がますます間延びしていく。

音が遠い。ずっと向こうの、きっとモニターの中と外ほども離れた場所からどよめきが上がる。オレのための声だ、と佐々岡は思う。オレが勝つための。

運がよかった。佐々岡のフィールドでは、連鎖は極めてスピーディに、効率的に組みあがっていく。ありきたりでつまらない連鎖だ。なんの工夫もなかった。それでも完成すれば、佐々岡の勝利が決まる連鎖だ。

──あとひとつだけ。

青がひとつだけ。落ちてくれれば、佐々岡が勝つ。

相手のフィールドからはまだ、七つ目の連鎖音が聞こえている。ミュージシャンが撃ったのは、たぶん一〇連鎖。あと三連鎖ぶんも時間がある。四秒か五秒。主人公が勝利に必要な一色を手に入れるには、充分な時間だ。

そのはずなのに。

八つ目の連鎖音は、聞こえなかった。

代わりにずどんと重たい音を立てて、佐々岡のフィールドに敗北が降ってきた。


ゲームを終えた画面を、しばらく茫然《ぼうぜん》とみていた。

頭の中でぐるぐると、たった今の試合が回っていた。

ミュージシャンは、意図的に連鎖を短いところで止めたのだろうか。いや、七連鎖は中途半端《はんぱ》に大きい。なら連鎖に失敗していた？

──考えても、仕方のないことだ。

負けた。どうして。全力だったのに。

悔しい。涙が滲《にじ》みそうだ。ゲームに負けて泣くのなんて、いつ以来だろう？　恥ずかしくてうつむく。

一メートルも離れていない、すぐ真後ろから、観客たちの歓声が上がっていた。楽しげな声が悔しくて仕方なかった。やめてくれ、と胸の中で懇願したとき、本当にそれは消えた。

かわりに、足音が聞こえた。

こつ、こつと、底の厚いブーツがむき出しのコンクリートを叩く音だ。

ミュージシャン。

彼女が筐体を回り込み、こちらに歩いてくる。

佐々岡は視線を上げた。

涙の溜《た》まった目のまま、間近で立ち止まった彼女を睨んで、告げる。

「もう一回」

ミュージシャンは呆れた様子で、小さなため息をつく。それから赤いルージュをひいた唇を佐々岡の耳元に寄せて、ほんの小さな声で、囁《ささや》いた。

「貴方《あなた》は思い込みが強すぎますね。ゲームに勝つことが目的ではないでしょう？　私には別に、情報を隠す理由もありません」

その声には聞き覚えがあった。

二秒か三秒、息が詰まって、それから思い当たる。

そんな、馬鹿な。だって身長も髪の長さも違う。――足が長くみえるのはブーツのせいか？　髪はウィッグかなにかだろうか？

彼女は。

「私は『音楽家』ではありません。ミュージシャンなんて呼ばれていることは、七草くんから聞いて初めて知りましたよ」

この女性は、トクメ先生だ。

佐々岡の担任教師だった。

彼女は一枚のプリント用紙を佐々岡に渡す。それは、演奏会の開催を告知するものだった。もう何年も前の日付が書かれている。協賛の小さな広告には、うえお軒の名前もある。

「みんなには内緒ですよ。それから、また機会があれば、対戦をお願いします」

トクメ先生は笑って。

よいゲームでした、と呟《つぶや》いて、身体《からだ》を離した。

佐々岡は握ったプリント用紙をじっとみつめていた。

演奏者の隣には括弧つきで、「アリクイ食堂店主」と書かれていた。

7　水谷　午後五時

とても久しぶりに、沈む夕日を眺めた。

それは上空を流れる雲よりもずっと近くにみえた。やがて西の家々の向こうへと消えて、それからも五、六分は空の低いところを照らしていた。けれど今では、そのクリーム色も夜の濃紺に塗り替えられていた。

水谷は手袋をした手で緊急と書かれた白い封筒を握り締めたまま、学校へと続く長いコンクリートの階段のいちばん下に立っていた。風が出てきたようで、耳元でひゅうと音が聞こえた。頬が冷たい。なんだか泣きたかった。

ふと考える。

――私は、真辺由宇のようになりたいのだろうか?

それは怖ろしい想像だった。ほんのひと欠片《かけら》の説得力を含んでいたから。なんだかあの日、廊下を汚されて、本当は悲しかったような気がしたから。じっくり考え始めると深い混乱の中に突き落とされそうで、水谷は息を吐き出した。ため息は白く色づき、ぼんやりと夜空に広がって、消える。

――違う。私と彼女は真逆なんだ。

真辺由宇は少なくとも、判断を人には委《ゆだ》ねていない。

一方で水谷は、自分の価値はすべて他人が決めるのだと信じている。他人の評価こそが正当で、真実と呼べるものだ。

だから人に微笑《ほほえ》みかけて、優しくして、面倒な仕事も引き受けて。誰にも嫌われないように、できるなら誰からも好かれるように、これまで生きてきた。

——でも。

彼女の言葉を、また思い出す。

——人に合わせてばかりだと、自分にできることがわからなくなるよ。

このクリスマスイヴに水谷の前に現れた、厄介なトラブルのいくつかを、真辺は目の前で飛び越えてみせた。ほんの一瞬で。まるで彼女の方が正しいのだと証明されたようだった。

だから水谷は、真辺由宇が嫌いだ。

真逆なのにほんの一瞬、説得されてしまうから、嫌いだ。

少しだけでも、彼女がこちらを責めてくれればよかった。軽蔑《けいべつ》してくれればまだ楽だった。なにをつまらない常識にとらわれているんだとか、それは本当の善意ではないとかありきたりな言葉でなじってくれればよかった。そうすればいくらでも反論することができた。言葉にしなくても、胸の中の反論を、自分で信じられた。

なのに彼女は勝手に事を進めて、勝手に駆け出してしまった。相談のひとつもなく、こちらに封筒の中身をみせようともせずに。走り去る彼女の後姿がなんだか綺麗にもみえて、ふざけるな、と胸の中で叫んだ。

悔しくて、悲しくて。少し泣きたかった。

五時を五分ほど過ぎたころ、階段の上から、足音が聞こえてきた。小走り気味の速い歩調だ。見上げると階段の脇に並んだ電灯に照らされた、七草の姿がみえた。

あれ？　と彼は、白い息を吐く。

「委員長？」

水谷は意図してほほ笑む。できるだけ普段通り。

「これ、真辺さんから預かってきました。七草くんに渡すようにって」

緊急と書かれた白い封筒を彼に差し出す。彼はそれを受け取って、右手の手袋を外して、便箋を取り出した。

「なに、これ？」

「わかりません。時任さんが落としていって。私は彼女に返すつもりだったんだけど、真辺さんが開けちゃって」

「なるほど」

便箋をざっと眺めて、七草はそれを封筒に戻した。

「ともかく待たせちゃってごめんね。真辺だと思って油断した」

小さな声で、水谷は笑う。それは素直な笑い声だった。

「真辺さんなら待たせてもいいんですか？」

「よくはないけどね。ほかの人よりは気が楽だ」

「どうして？」

「ん？」

「七草くんは、真辺さんが好きなんじゃないんですか？」

どうしてそんなことを尋ねたのか、自分でもよくわからなかった。イヴだからだろうか、気がつけば口から洩《も》れていた。

七草は、どこか意地の悪い笑みを浮かべて、肩をすくめてみせる。

「彼女に対して、なにか、愛情と呼べるものがあることは間違いない。でもそれを好きって言葉でまとめちゃうと、色々とややこしいことになる」

彼の本心はみえない。ふたつの瞳《ひとみ》は綺麗に澄んでいて、落ち着いた湖の水面に似ている。空ばかりを映して、水中は決してみせないでいる水面に。

これもほんの気まぐれで、水谷は尋ねる。

「もしも私と七草くんが付き合ったら、真辺さんはなんて言うと思いますか？」

もちろん冗談だ。

反面で、怖ろしいことに、本当にそうしたいという願望もあった。自分のせいで感情的になる真辺由宇をみてみたかった。

「試してみたくありませんか？」

七草は笑う。やはり本心をみせない笑顔で。

「試すまでもないよ。真辺は純粋に祝福してくれる」

本当に、そうだろうか。

考えても答えの出ることではなかったし、想像すると急に恥ずかしくなってきたのもあって、水谷は苦笑した。

「では、私はこれで。実はまだ、真辺さんへのプレゼントを用意できてないんです」

「そう。ありがとう。寒い中で待たせちゃってごめんね」

七草に背を向ける。

数歩進んだとき、後ろから、彼は言った。

「オススメは、ペアのキーホルダーだよ」

水谷は振り返る。

彼の笑顔は、夜のせいかもしれないけれど、いつもより純粋にみえた。

「真辺だって友達が欲しくないわけじゃないんだ」

手袋ありがとう、本当に暖かいよ、と彼は言った。

8　時任　午後五時一五分

カブを走らせていると、アパートから聞き覚えのある声が聞こえてきた。どうやら言い争いをしているようだった。

そのアパートはすでに配達を終えている。無駄足だが、時任はカブを止める。クリスマスカードの残りがわずかになり、心に余裕ができてきたというのもあった。

カブを降りてアパートの敷地内に入ると、二階の外の通路で、少女と三〇歳ほどの男が向かい合っているのがみえた。少女の方は真辺由宇だ。なぜかサンタクロースの帽子をかぶっている。男性は、確かこのアパートの住人だったように思う。

時任は手袋をした手を擦《こす》り合わせながら、外階段を駆け上がる。

「どうしたの？」

そう声をかけると、男の方が振り返り、困り顔をこちらにむける。

「いやね、この子が部屋を通らせてくれってきかなくて」

真辺の方は、不機嫌そうな、真剣な表情を浮かべている。

「ベランダに出たいだけです。小さな男の子がひとり、このアパートの部屋にいるはずなんです。二〇四号室です」

男はため息をついた。

「でもね、そこはもう四年も入居者がいないんだよ」

知っている。その二〇四号室は、配達の途中に、時任が小さな泣き声のような音を聞いた部屋だ。

「男の子って、大地くん？」

ほかに、島に小さな男の子なんていない。

「はい」

と真辺が頷く。

「中に大地くんがいるんなら、ノックしたら開けてくれるんじゃない？」

「試してみました。でも、反応がありません」

「どうしてここにいると思ったの？」

「手紙をみつけて。部屋で子供を保護しているって」

「その手紙は？」

「クラスメイトに渡しました。七草と会う約束をしていたけれど、そっちに行けなかったから、事情の説明のために」

「ベランダを通れば入れるの？」

「窓ガラスが割れているみたいなんです。内側から、木の板かなにかが張り付けられていますが、外せると思います」

　ふむ、と時任は唸《うな》る。

　それから男の方に顔を向けた。

「通してあげられないんですか？　確認するだけならすぐに済むでしょう」

「ちょっと散らかってるから。あまり人を上げたくないな」

　ちょっとなら我慢しなさいよ、と言いたかったけれど、強引に押し切れるだけの証拠もない。はしごかなにかを持ってくれば、外からベランダに上がれそうだけど、それも手間だ。

「実は私、少し前にも配達でこのアパートに来たんですが」

「ああ。あの変なクリスマスカード？」

「そうです。そのとき、二〇四号室から泣き声が聞こえました」

「ホントに？」

「はい。間違いありません」

　本当は、はっきりとは聞き取れなかったけれど、そう言い切る。なにが起こっているのか、純粋に気になったのだ。

　男はため息をついて、首を振った。

「わかったよ。じゃあ、オレがみてくる」

そんなに部屋をみせたくないものだろうか？　いったい、どれほど散らかっているのだろう。

男に向かって、「ありがとうございます」と真辺が丁寧に頭を下げた。彼が部屋に戻ってから、こちらにも同じように頭を下げる。

「助かりました。もう強引に踏み込むしかないかと思いました」

「思いっきりがいいのは、ま、悪い事じゃないかもしれないけどね。怒られるよ？」

「仕方がないです。子供が閉じ込められているんなら」

「手紙に書いてあっただけでしょ？　いたずらかもしれないじゃない」

「でも、確かめてみないわけにはいかないです」

この子のことは、ずいぶん前から知っている。たしか真辺が小学四年生のころからだ。もう六年ほど前になる。

そのころから、彼女の性質はかわっていない。いったいどんな育ち方をすれば、これほど極端な考え方になるのだろう。時任は、真辺由宇から、強さや正義感よりもむしろ悲痛なものを感じる。その正体は、わからないけれど。

「マナちゃんは、いつからそうなの？」

「そう、というのは？」

「とんがってるじゃない。シャー芯《しん》みたいにさ」

少女は、なにを言われているのかわからない、という風に眉を寄せた。でも本当にこちらの言葉が伝わらないほど、自分を客観視できていないわけでもないようだ。

「ずっと昔から、こうです」

「きっかけとかはないの？」

「わかりません。もしかしたら、七草に会ったことかもしれません」

「六年前？」

小学四年生。それは、七草と真辺が共に行動し始めた時期だ。

だが微笑みを浮かべて、真辺は首を振る。

「いえ。もっと前です。小学校から同じなので。初めて会ったのは、だから、もう九年も前になります」

九年前。

なるほど、と時任は息を吐き出す。

――私が知っている、いちばん古いナナくんよりも前を知ってるのか。

つい笑ってしまう。

「マナちゃん。貴女は、危険だね」

とっても、とっても危険だ。そんなことは彼女がこの島に来たときから知っていたけれど、想像していたよりもさらに危険だ。

今度こそ、真辺はこちらがなにを言っているのかわからなかったのだろう。真剣な表情で尋ねる。

「なにが、危険なんですか?」

——もしかしたら貴女は、この世界を壊してしまうかもしれない。

そう言ってみようかと思ったけれど、ちょっと喋り過ぎだ。

「貴女のせいで、誰かが泣くかもしれないってことだよ」

この少女を島から追い出した方がいいのではないか、と真剣に考えた。石を投げつけられて街を追われる魔女のように。時任はまだ、この不自由な世界を見限るつもりはない。

真辺由宇は困った風に首を傾げる。その仕草だけをみれば、なんでもない普通の一六歳みたいに。

「泣くって、誰がですか?」

時任はもちろん、その質問に素直に答えるつもりはなかった。なにか適当にごまかすつもりで、だが口を開く前に、鍵《かぎ》の外れる音が聞こえた。

時任も、真辺も同時に、そちらに視線を向ける。

二〇四号室だ。

重い、しゃがれ声のような、錆《さ》びついた音を響かせてドアが開く。

そこに相原大地が立っていた。

＊

二〇四号室は、やはり空き部屋だった。

八畳ほどのフローリングのワンルームで、小さなキッチンが備えつけられている。家具のようなものはなにもなかった。床に一枚、真新しい毛布が落ちていて、その脇に小さな鞄が置かれていた。鞄は大地のもので、中身はチョコレートだったけれど、もう食べてしまったという。

大地の証言によれば、一時間ほど前まで、ここにもうひとり男性がいたそうだ。おそらく二〇代の半ばほどの、ひょろりとした背の高い男で、眼鏡をかけていた。大地はその男とコンピュータゲームをして遊んだ。誰もが一度は耳にしたことのある、大作RPGシリーズの最新作で、先週発売されたばかりのものだ。それは、通販の荷物が届かなくなった階段島には、一本も存在しないはずのゲームだった。

大地はそのゲームに登場するダンジョンのひとつについて、詳細に語った。入り口から右に進むと宝箱があり、中身は回復アイテムだ。左の方は道が二股《ふたまた》に別れていて、さらに左に進むとスイッチがあって――という風に。その情報が正しいのかは、家に帰ってからインターネットで検索すればわかるだろう。

「僕が迷子になったから、その人が助けてくれたんだ」

と大地は言った。

視線を合わせるために屈《かが》みこんで、真辺が尋ねる。

「その男の人の名前はわかる？」

首を傾げて、くりんとした目で真辺をみて、大地は言った。

「ハッカー」

階段島では最近、「クリスマスの七不思議」と呼ばれる噂《うわさ》が広まっている。凄腕《すごうで》のハッカーがホワイトハウスのツイッターアカウントを乗っ取った。結果、大問題になり階段島に逃げ込んできた。

――まさか。

時任は内心でため息をついた。

本当にハッカーなんてものが、この島にいたというのか？　そいつがコンピュータをハッキングして通販の荷物を止めてしまったというのか？　信じられない。

「ハッカーはどこにいるの？」

と真辺が尋ねる。

「もういないと思う。そろそろこの島から出ていくって言ってたから」

「貴方を置いて、どこかにいったの？」

「僕は眠っちゃったから」

話をまとめると、こうなる。

ひとりで遊びにいこうとして、迷子になった彼は、偶然ハッカーに出会う。ハッカーは大地を部屋に招き、一緒に新作の、島にはないはずのゲームをして遊んだ。そのあいだに手紙を書き、この部屋に人がくるように誘導した。そして、「そろそろ階段島から出ていく」と告げて、大地が眠っているあいだにひとり部屋を後にした。

――やっぱり、筋が通っていない。

ハッカーと呼ばれる人物の心理が上手くつかめない。

どうして逃げ出そうとしている人物が、迷子の子供を部屋で保護するんだ。手紙まで出して。迷子の子供を助けたかったなら、もっといくらでも方法はある。本来なら入居者がいないはずの部屋に閉じ込めるなんてやり方よりもずっとスマートな方法があるはずだ。

だが、すべてが大地の嘘だとも思えなかった。

彼は確かにアパートの一室から出てきたのだし、幼い少年の嘘にしては、細部がしっかりとし過ぎている。

真辺が尋ねる。

「どうしてハッカーが、通販の荷物を届かないようにしたのか、わかる？」

マリオネットみたいに、こくん、と大地が頷く。

「魔女に、この島から追い出してもらうためだって言ってたよ。追い出されるためにちょっとだけ迷惑をかけた、って」

やっぱり。ディテールが作り込まれている。子供の嘘だとは思えない。

とはいえハッカーの話は、間違いなく嘘だ。どれほど凄腕のハッカーだったところで、この島にやってくる荷物を止めることなんてできない。それはインターネットやコンピュータのような現実的な技術からは、完全に切り離されたものだ。

さらに真辺がなにか尋ねようとした、そのときだった。

おーい、と間延びした声が聞こえた。部屋の奥からだ。

「誰かいるのかい？　いたら、返事をしてよ」

隣の部屋の住民だ。ベランダをつたって部屋の様子をみてもらうように頼んでいたことを、すっかり忘れていた。彼は窓をふさぐ木の板を外そうとしているが、ずいぶん手間取っているようだ。

面倒になって、時任はため息をつく。

「あとは任せたよ、マナちゃん」

私は配達の残りがあるから、と言い残して、時任はその部屋に背を向けた。

9　七草　午後五時三〇分

アパートの前には、赤いカブが停まっていた。

真冬の街灯の下で少し首を傾げたカブは、なんだか泣いているようにもみえた。

リアキャリアに積まれたレターボックスには、鍵が掛かっていなかった。僕はそのふたを開く。

手元には今日中に出さなければいけない手紙が二通残っていた。その一方をレターボックスのいちばん底に差し込む。これで、残った手紙は、あと一通だけになった。

僕はレターボックスのふたを閉めて、もう一度そのカブを眺めて、それからアパートの敷地に入る。

ちょうど外階段を時任さんが下って来て、その足音が半ばで止まる。

「やあ、ナナくん」

と彼女は言った。

「こんばんは。配達、お疲れさまです」

「本当だよ。イヴだっていうのにさ」

彼女はくすりと笑って、少し階段を下って、今度は僕の目の前で止まった。

「星が綺麗だね」

時任さんに言われて、僕は夜空をみあげる。

星にはあまり詳しくない。特別に好きな星がひとつあって、その周囲のあれこれは覚えたけれど、ほかはよく知らない。冬の大三角形は、シリウスと、ベテルギウスと、あともうひとつはなんだっただろう。

名前を知らなくても、夜空の星は綺麗だった。温度の低い空気はぴかぴかに磨かれたガラスみたいに澄み渡っていた。気体よりはもう少し固いもので、しっかりと星々を閉じ込めて、頭上高くに展示しているようだった。手で触れないでください、と注意書きをつけて。

僕は尋ねる。

「本当に今夜、雪が降るんですか？」

こんなにも晴れた夜なのに。星の光があれば、他には何もいらないような夜なのに。

「降るんじゃないかな」

と時任さんは言う。

「この綺麗な星の下で、雪が舞ったらもっと綺麗でしょ」

「晴れたまま降るんですか？」

「どうかな。でも、魔女が望めば一発だよ」

彼女は舞い落ちる雪を眺めるような速度で、ゆっくりと視線を、夜空から僕に落とした。

「そういやさ、ケーキが供えられているお墓、みつけたよ」

「そうですか」

「あんまり驚いてないね」

「ケーキを置いてくるだけなら、誰にでもできます」

「クリスマスの七不思議に、君はどれくらい関わってるの？」

「ほとんどまったくですよ」

「ほとんど」

反復して、時任さんはまた笑う。

「大地くん誘拐のやり口は、なんとなく君っぽさを感じるんだけど」

「誘拐なんて大げさなものじゃないと思います」

「どうかな。マナちゃんはずいぶん真剣だったよ」

「彼女はいつだって真剣ですよ。ヨーグルトのふたをはがすのにだって真剣です」

「そんなの、誰だって真剣になるでしょ。飛び散らせたくないもの」

なんにせよ時任さんに、「僕のやり口」なんてものがわかるとは思えなかった。

彼女と出会ったのはこの階段島に来てからで、それはたった四か月ほど前だ。顔を合わせれば話をするけれど、そもそも会う機会があまりない。僕は時任さんのことをほとんど知らないし、同じように、彼女も僕について知らないはずだ。

もし、例外があるとするなら。

それは彼女が、僕が考えるよりもずっと超越的な立場にいたときだけだ。

「配達はあと、どれくらい残っていますか？」

「もうちょっとだけだよ。三〇分もあれば終わると思う」

「どの辺りがまだなんですか？」

「ここから少し東のブロック。どうかした？」

「いえ。三月荘がまだなら、ハルさんに伝言をお願いしようかと思って。大地がみつかったから、あと一時間くらいで連れて帰るって」

「カブならすぐだから、回ってきてもいいけど」

「すみません。じゃあ、お願いできますか？」

「いいよ」

軽く応えて、彼女は歩き出す。

僕たちは狭い階段ですれ違う。僕はそっと、彼女の横顔を確認する。彼女はまっすぐに前をみている。

――時任さんは魔女だ。

胸の中で、そうつぶやいてみる。真実かどうかはわからない。

――少なくとも魔女は、この島の住民に紛れ込んでいる。

これは、きっと正しいはずだ。

僕は階段を上る。

＊

二階の外通路では、なぜかサンタクロースの帽子をかぶった真辺が、ひとりの男性に頭を下げていた。

真辺が謝っているのはそう珍しいことでもないので、男性に彼女がどれほどの迷惑をかけたのかを気にしながら、そちらに近づく。

「どうかしましたか？」

と僕は、男性の方に声をかける。

「彼女は、友人なんです。なにかご迷惑をおかけしたなら、僕も謝ります」

男性は困ってしまって、ほかにはどうしようもないという風に笑う。

「いや。オレは気にしてないよ。ちょっと――」

横から真辺が、言葉を引き継いだ。

「大地がこの部屋に閉じ込められていたみたいだから、隣の、この人に頼んでベランダから様子をみてもらうようにお願いしたの。でも先に、大地が自分で鍵をあけて出てきたのに、そのことを伝え忘れていて」

なるほど、と僕は頷く。

男性は相変わらずの愛想笑いを浮かべていた。

「いいよ。男の子はみつかったんだし、これで」

彼に向かって、すみませんでしたと頭を下げてから、僕は言った。

「お言葉に甘えさせてもらおう。早く大地を寮に送り届けないと」

「うん。そうした方がいい」

男性もそう言ってくれたから、僕と真辺はもう一度頭を下げて、アパートを出る。真辺は大地の手をひいていた。

階段を下りながら、彼女は言った。

「大地は、ハッカーと一緒にいたみたい」

「謎《なぞ》の凄腕ハッカー」

「そう。魔女に階段島から追い出してもらうために、通販の荷物を届かないようにしたんだって。そろそろこの島を出るって言って、いなくなっちゃったらしい」

なんにせよ大地がみつかってよかった、と僕は言った。

うん、と真面目な表情で、真辺は頷いた。

アパートの前の通りからは、カブがなくなっていた。照らすものを失《な》くした街灯が寂しげにみえた。ひゅうと音を立てて風が吹く。大地とつないだ真辺の手に少しだけ力が入ったのが、後ろについて歩いているとわかる。

僕は尋ねる。

「ハッカー捜しはどうするの？」

「悩んでる。ここで打ち切っていいのか」

「もしかしたら島を出たハッカーが、通販を元に戻してくれるかもしれない」

「そうなったら、それでいいけど。でも島の外に出る手がかりはなくなるね」

「なんにせよ、しばらく様子をみた方がよさそうだ」

「うん」

この島で再び通販が使えるようになるのかは、まだわからない。でもなんにせよ、真辺由宇のハッカーをめぐるあれこれは、ここで一段落だろう。

「君はうえお軒の店主を疑ってたんじゃなかったっけ？」

「疑ってはないよ。いちおう、確認しに行っただけで」

「で、無関係だった」

「うん。そういえばあの人、乃木畑さんっていうらしいよ」

「じゃあどうして店の名前がうえお軒なの？」

「愛はラーメンに込めてるから、余った三文字なんだって」

「か行以降に申し訳ない話だね」

ともかくそちらの方では、とくに問題は起こしていないようで安心した。結果的には、平和な一日だったと言ってしまっていいだろう。おそらく。

「ところで、委員長へのプレゼントはみつかった？」

そう尋ねると彼女は、小さな声で、「あ」と呟く。

「まだだった」

「忘れてたの？」

「うん。ごめん」

「僕が謝られることでもないけどね」

パーティが始まるまで、まだ一時間少々ある。充分間に合うだろう。

「これから一緒に探しにいこうか。ちょうど大地も、買いたいものがあるみたいだし」

そうなの？　と真辺は、大地に尋ねる。

彼は勢いよく頷いた。

「私も、七草に相談したいことがあったんだけど」

これのことで、と彼女は、頭に載せたサンタクロースの帽子を指さす。確かにその帽子は、ちょっと気になっていた。

少しだけ眉を寄せて、困ったような顔で、真辺は言った。

「でも先に、一度寮に戻った方がよくない？」

「そっちは大丈夫だと思う。時任さんに伝言をお願いしたから」

大地がこちらを振り返り、にたりと笑う。

僕も彼に、笑顔で応える。

彼はハルさんへのプレゼントを探している。

＊

時任さんが予想した通り、アパートのあの部屋に大地を閉じ込めたのは僕だ。

正確には、昨夜のうちに、僕は梯子《はしご》を使ってベランダから部屋に侵入して、内側から鍵をあけておいた。今日、大地は自分で部屋に入って、鍵をかけた。

二〇四号室に特別な理由があったわけではない。たまたま窓が一枚外れていて、代わりに木の板を内側から張りつけていたから侵入が楽だっただけだ。

ちょうど大地は、「アルバイト」を探していた。ハルさんにクリスマスプレゼントを贈るためのアルバイトを。少し悩んだけれど、僕のささやかな計画を、彼に手伝ってもらうことに決めた。

僕の計画は、上手くいったとは言い難かった。あの緊急と書いた封筒を開くのは時任さんだと思っていたし、真辺がこの件に関わるなんて思っていなかったし、大地はもう少し早くみつかるはずだった。彼には本当に申し訳ないことをしたと思う。部屋に独りきり二時間ほども閉じ込めることになってしまったのだから。

とはいえ、着地点は、だいたい想定していた通りだ。

ハッカーなんて見え透いた嘘に、ほんのひと欠片でも真実味を足せればそれでいい。こんなことがどれほどの効果を持つのか疑問だけど、少しでも僕の我儘《わがまま》を叶える手助けになってくれると嬉しい。

さて、問題なのは、あの「クリスマスの七不思議」だ。

ネガティブな想像が得意な僕は、おおよそ、そちらの構造も推測が立っている。

問題はそのことを、誰かに伝えた方がいいのか、そっと胸の内にしまっておくべきなのかだった。

真辺由宇ならこんなことで、思い悩みはしない。当たり前のように暴力的な正論で、明白に正しい答えを目指すだろう。

でも僕にとっては大問題だ。正しいことを決めるのは、昔から苦手なのだ。

タイムリミットまで、あと一時間と少し。

佐々岡は、ヴァイオリンのE線を見つけ出すことができるだろうか。

10　佐々岡　午後六時

BGMには「イナクナリナサイ」を選んだ。

ラスボス戦のゲームミュージックの中でも、とくに気に入っている音楽だ。

冒頭はピコピコとした、エイトビット風の音で、不気味だがどこか愛嬌《あいきょう》がある曲が流れる。まるでファミコンソフトみたいな曲が。

けれど一分近く経過したとき、ふいに音が弾《はじ》ける。鮮やかで重たいドラムが鳴り響いて、本性がむき出しになる。音がぐねぐねと歪み、ローテンポとアップテンポが入り乱れる。

不安を煽《あお》りたてる曲だ。焦燥感を掻《か》きたてる曲だ。そして純粋に、恰好《かっこう》いい曲だ。

――オレがやらないと。

そんな気持ちがせりあがってくる。

さあコントローラーを握るんだ。勇気を出して、これからヒーローになるんだ。思わず笑って、そろそろ世界を救ってやろうかという気になる。

佐々岡は学生街から、海辺の街のアリクイ食堂まで走った。そのあいだ、一度も足を止めなかった。冷たい夜の中で、熱い汗がだらだらと流れる。ダウンのジャケットが邪魔だ。心臓がばくばくと叫び声を上げている。すべて知ったことではない。

　アリクイ食堂が前方にみえた。

　窓は暗い。まだ閉店には早い時間なのに。どうして。ドアには「準備中」と書かれた小さな看板がひっかけられている。

　皮膚の下から、どくん、どくんと血の流れる音が聞こえる。上がった息が、鼓動と一緒に、はあはあ鳴っている。

　――どうして、店が閉まっているんだ？

　こうじゃないだろ。おい、現実。さすがに今だけは、きちんとするところだろ。

　沈黙するドアに、佐々岡は両手をついた。体重を預けて、右手を拳《こぶし》にする。

　振り上げて、叩く。

「すみません」

　大声で叫んだ。

「誰かいませんか？　開けてください」

　返事はない。

　本当に？　本当に留守なのか？　まだイベントが足りないのか？

「急いでいるんです。すみません。誰かいませんか？」

　佐々岡は何度も、何度もドアを叩く。

拳が痛い。なんだかよくわからない感情が高ぶって、涙がにじんだ。ふざけるな。せっかく、オレがこれから、主人公になるってときに。

――まだそんなこと言ってんのかよ。

と、兄の声が聞こえた気がした。もうちょっと成長しろよ。

その言葉を叩きつぶすように、佐々岡はドアを叩く。ふざけんな。ふざけんな。諦めることを、手放すことを、恰好悪くなることを成長だなんてごまかすんじゃない。

また叫ぶ。

「ここ、開けてください」

そのときだった。

「黙りな。うるさいのは嫌いだよ」

ドアの向こうから、怒鳴り声が返ってきた。


アリクイ食堂の店主を務める、背の高いその女性の名前が、松井《まつい》だということを佐々岡は知っていた。

トクメ先生からもらった演奏会のチラシに書かれていたのだ。彼女がこの島で、ヴァイオリンの演奏会を開こうとしていたことも、チラシで知った。

どうにか入れてもらった店内で、佐々岡はたどたどしく事情を説明した。ともかくひとりの女の子のためにヴァイオリンのE線が必要なのだと繰り返した。そのあいだに松井は熱い緑茶を入れて、佐々岡の前においてくれた。

頬をなでながら、彼女は言う。

「あのクリスマスカードを出したのも、あんた？」

わけがわからなかった。佐々岡は首を振る。

「クリスマスカードって、なんですか？」

「違うのかい？」

「違います」

松井は「まあいいや」と呟いて、深く大きなため息をついた。

「事情はわかったよ」

「じゃあ、ヴァイオリンの弦をもらえますか？　あ、もちろん、金は払います」

「ただでやるよ。手元にあればね」

松井はしばらく沈黙して、それから重たい口調で話し始めた。

「二年くらい前に、女の子がここで働きたいって言ってきてね」

「あの、急いでるから、できたら先に弦を」

「だからその弦の話をしてるんだよ」

彼女は、音をたてて息を吐き出して、続ける。

「まだ中学生になったばかりの女の子だよ。働くにはちょっと早いと思ってね。断るつもりだったんだけど、ずいぶん熱心で。理由を聞いたら、ヴァイオリンが欲しいんだってさ。島にくる前からずっと習っていたみたいでね。だから、あげちまった」

話を飲みこむのに、ずいぶん時間がかかった。

彼女はすでに、ヴァイオリンを手放している。

佐々岡は両手をカウンターについて、身を乗り出すようにして尋ねた。

「その、ヴァイオリンをあげた相手っていうのは、だれですか？」

答えはもちろん、わかっていた。

そんなのひとりしかいない。

「クローバーハウスって寮にいる、豊川って子。今夜、演奏会をする予定だった」

名前は知らない。でも、寮は一致している。年齢にも矛盾はない。それは、佐々岡がE線を贈ろうと決めていた、あの子だ。

なんて喜劇だ。途方もない空回りだ。佐々岡が捜していた「音楽家」のヴァイオリンは、すでにあの子が持っていたものだった。

声が震える。

「じゃあE線は、どこにあるんですか」

松井は申し訳なさそうに視線を落とした。

「私が知っている、この島のヴァイオリンは、あの子が持っている一本だけだよ」

世界は、なんて、バグだらけなんだ。

しばらくうつむいて、唇を噛《か》んでいた。

重たいため息がもれそうになり、なんとか飲みこむ。代わりに天井を見上げて、ゆっくりと息を吐き出す。

それから覚悟を決めて、立ち上がる。

「ありがとうございました。あと、うるさくしてすみませんでした」

頭を下げる。そうした方が、主人公っぽいと思ったから。

「いいけどね」

松井は、結局口をつけなかった湯呑《ゆのみ》に目をやった。

「で、どうするんだい？」

「もちろんE線を探しますよ。まだ、もう少し時間はあるから」

佐々岡はアリクイ食堂を出る。さて、今の気分に合うBGMはなんだろう、なんて考えながら。でもそれは、簡単にはみつからなかった。

＊

自分でわかっていた。

――オレはもう諦めている。

E線はみつからない。そもそもこの島には、初めからそんなものはなかったのだ。現実はゲームじゃない。必ずクリアできるとは限らない。こんな風に簡単に、努力は踏みにじられる。

それでも、駆け出した。

どうして？　わからない。ただ負けるときも恰好をつけていたいだけなのかもしれない。あるいは現実に対して、意地になっているのかもしれない。

どこに向かって走ればいいのかもわからないまま、佐々岡は走る。汗が目に入って視界がぼやけた。それでみた夜空は、妙に綺麗だった。

――ああ。どうして。

神さまだか、魔女だか知らない、きっと遠いところからこちらを見下ろしている誰かに向かって、ぼやく。

――どうしてイヴの夜くらい、ハッピーエンドを用意してくれないんだよ。

きっとその苛立ちだけで、佐々岡は走る。

11　水谷　午後六時

水谷は友人たちを回って「恋愛成就《じょうじゅ》のサンタクロース」の噂について尋ねた。

馬鹿げた質問だと思ったけれど、豊川と約束してしまったのだから仕方がない。あまり具体的になりすぎないように、「サンタクロースの服を着た謎の人物が目撃されています」「不審者かもしれません。なにかご存じないですか?」と質問した。

今日はイヴだ。サンタクロースの目撃例は、もちろんゼロではない。水谷だってあの赤と白の服に身を包んだ店員を何人かみた。でもストーカー被害に関していえば、まったくそれらしい話を聞けなかった。

結局、その調査は一時間ほどで切り上げた。

もうすぐクリスマスパーティだというのもあったし、水谷自身、サンタクロースが豊川の後をつけていたなんて信じてはいなかった。

やはり犯人は、普通の人間だと考える方が現実的だ。明日からは、なるたけ豊川を独りきりにしないように気をつけよう。それでも怪しいことが起これば、大人に相談した方がいい。ストーカー問題に関しては、今できるのはこれくらいだろう。

そして最後に取り残されたのは、真辺由宇へのプレゼントだった。

今日は一日中、彼女のことばかり考えているような気がする。結果、理解できたのはたったひとつの事実だけだった。

――私は真辺由宇が嫌いだ。

真辺が信じているものは、きっと美しいのだろう。彼女はまっすぐで、生まれたての赤ん坊のようになんの穢《けが》れもなくて、誰よりも素直なのだろう。見方によっては、純粋な善人でさえあるのだろう。

だから、嫌いだ。

素直なままでいられる彼女が、嫌いだ。

水谷は価値のある人間だと思われたかった。でも友人にどれだけ頼られても、好きだと言われても、すべて軽いものに感じる。簡単に覆《くつがえ》りそうで、すぐにでも忘れ去られそうで、いつも恐怖がつきまとう。

もっと好かれなければならない。もっと頼られなければならない。もっと。いつも良い子で、いつも優しくて、いつも正しく行動しなければいけない。そう信じて生きてきた。本当は善人じゃないのに、善人を演じ続けてきた。

真辺由宇はまるでそんな水谷を、嘲笑《あざわら》っているようだった。

――違う。彼女のやり方よりも、私のやり方が、賢くて正しいんだ。

水谷はそう信じたかった。

だから。つい、つまらないことを口にしてしまった。

——もしも私と七草くんが付き合ったら、真辺さんはなんて言うと思いますか？

あんなこと、普段なら、もし考えても絶対に言葉にはしないのに。

絶望する真辺由宇をみたかった。それは本心のすべてではなかった。心の九割は望んでいないことだった。でも残りの一割が強烈に、まるで純粋に正しいような彼女を苦しめて、傷つけたがっていた。

望んではいないんだ、こんなことは。本当に、心の九割は。なのに。

もう忘れよう、とまた決める。水谷はできるだけ頭を空っぽにして、胸の中の真辺由宇から目を背けて、黙々と歩く。

イヴの夜だというのに、通りには人が少ない。

代わりにそこかしこから、笑い声が聞こえた。家々の窓から洩れる明かりがいつもよりも強いような気がして、壁の向こうの暖かな空間を想像した。

水谷自身もそろそろ寮に戻り、パーティに備えなければならない時間だ。

とにかく早く、真辺へのプレゼントを選んでしまおう。もう彼女に贈るものにこだわるつもりはなかった。綺麗にラッピングされていれば、それでいい。表面だけ取り繕っていれば、中身は空っぽでもいい。

今のこの本心を込めて贈り物を選ぶよりは、ずっといい。

結局、水谷が買ったのは、ペアのキーホルダーだった。

最初に七草が勧めてくれたものだ。パズルピースの形をしていて、組み合わせると一枚の、月を眺める猫の絵になる。

店ではラッピングのサービスは行っていなかったので、プレゼント用のそこそこ見栄えのする紙袋を一緒に買って、ペアのキーホルダーを放り込む。

外に出て、手袋をはめたとたん、視界がぼやけた。

混乱する。なぜ、泣くんだろう？　その涙がどこからきた感情なのか、水谷にはわからなかった。

手袋で涙を拭《ぬぐ》う。でもそれは止まらなかった。

泣きながら寮に向かって歩く。

悲しくなんてないのに、どうして。目が赤くなってしまわないか不安だった。どうしてクリスマスパーティを、赤く泣き腫《は》らした目で過ごさなければならないんだ。その理由を尋ねられたら、なんと答えていいのかわからない。みんなに気を遣わせて、パーティの雰囲気を台無しにしたくない。どうして、涙が流れるんだ。

今日はいろいろなことがあって、疲れてしまったからだろうか。自分なりに頑張ってみたけれど、誰の役にも立てなかったことが、実は悔しいのだろうか。

あるいは真辺へのプレゼントをきちんと選ばなかったことが、許せないのだろうか。プレゼントというのは、自分の意思で選ぶ過程にこそ意味がある。そう信じていたのに結局投げ出してしまったことが許せないのだろうか。

たぶん、どれも違う。

考えても、自分自身の感情がわからない。

なんの意味もない涙が、溢《あふ》れて、溢れて、止まらなかった。

それでもパーティの準備を任せきりにするわけにもいかなくて、水谷は寮に向かって足を踏み出す。何度も手袋で目元を拭いながら。

そうして歩いていると、ふいに、背中になにか当たった。

たぶん、柔らかな。誰かが指先で、水谷の背中をつついたようだった。

あまりに驚いて、喉《のど》から小さな悲鳴が漏れる。まず想像したのは真辺の姿だった。でも振り返ると、そこには無口な友人がいた。

堀だ。

水谷はなにも言えなくて、にじんだ視界で、彼女の顔をじっとみる。

堀はコートのポケットからハンカチを取り出して、こちらに差し出す。

ためらったけれど、水谷はハンカチを受け取って、目元に押し当てた。驚いたおかげだろうか、涙は止まっている。

「ありがとうございます。洗って返すね」

無理にほほ笑んで、ハンカチをポケットにしまう。

堀はじっと、水谷をみつめていた。その瞳に、涙の理由を尋ねられているような気がした。でも、答えようがない。水谷自身にもそんなものはわからないのだ。

困っていると、彼女はまた、なにかを差し出した。

正方形の、薄っぺらいなにか。赤いリボンがついている。クリスマスプレゼントだろうか。でも包装はされていない。

それはCDのパッケージに似ていた。紙製の、プラスチックよりも薄いものだ。白地に深い緑色のラインが入っている。表面にはアルファベットでなにか書かれている。

——ピラストロ、オリーブ？

名前だろう、とは予想がついた。でもなんの名前なのかはわからなかった。

「なんですか、これ？」

堀は極端に喋ることを嫌う。そう知っていたけれど、つい尋ねた。

風の音にも紛れてしまいそうな、ほんのささやかな声で彼女は答える。

「弦」

「弦？」

「ヴァイオリンの」

どうして、そんなものを。

戸惑っていると、堀はぺこりと頭を下げて、こちらに背を向けた。もう用は終わったということだろう。

彼女の背中に向かって、水谷は言った。

「ありがとうございます。ハンカチと、それからヴァイオリンの弦も。パーティは七時からだから遅れないでね」

堀は足を止めて、こちらを振り返った。それから、また頭を下げて、すぐに歩き出してしまった。

水谷は手の中に残された、ヴァイオリンの弦に視線を落とす。

――どうして、こんなものを？

ヴァイオリンなんて弾けない。そもそも弦だけあっても仕方がない。彼女には意図があるのかもしれないけれど、あんなにも無口では、それも伝わらない。

いったいどうすれば、イヴの夜に弦を贈ろうなんて発想になるのだろう？

水谷は小さな声で笑って、そのリボンがついた弦をしまうため、鞄を開いた。

そして、時任から受け取ったクリスマスカードの存在を、いまさら思い出した。

12　時任　午後六時一五分

最後のクリスマスカードをポストに投函《とうかん》して、時任は息を吐き出した。

大仕事がようやく片づいた。さて、あとは通常業務だ。またため息がもれる。

カブにまたがった時任は、ポケットから自分に宛てられたクリスマスカードを取り出す。本日、何百通も配ったものと同じだが、手元に舞い込んでくるとなかなか嬉しいものだ。

文面はクローバーハウスの前で、豊川という名前の少女に読ませてもらったものとほとんど同じだ。ただ一点、「ヴァイオリンのE線」を欲しがっている人物だけが違っている。時任に宛てられたクリスマスカードでは、学校で教師をしているトクメ先生がE線を探している、となっていた。

このクリスマスカードは、いつのまにかレターボックスの中に放り込まれていたものだ。証拠と呼べるようなものはないけれど、送り主は七草だろう。おそらく。

――やっぱりあの子は、探偵より犯人が似合うね。

いったい、このクリスマスカードにはどんな意味があるのだろう。ヴァイオリンのE線を探している？　それはおそらく真実だ。でもそれだけだろうか。

——ま、私はあくまで、傍観者でいるつもりだけど。

時任は再びポケットにクリスマスカードを突っ込んで、カブを発車させる。

今年のクリスマスはスリリングだ。七不思議。凄腕のハッカー。それから大量のクリスマスカード。これらは、どんな風に繋がり、あるいは繋がらないのだろう。

次に七草をみかけたら、首根っこをひっつかんで、色々と聞き出してやろう。こっちは彼のせいで、一日島の中を走り回ることになったのだから、それくらいの権利はあるはずだ。郵便局員は固定給で、たくさん切手が売れたから収入が増えるというものでもない。

彼と、それからもちろん真辺由宇が現れたことで、この島が劇的に変わりつつあるのは間違いなかった。その変化はまだ、はっきりとはわからない。プラスに働くのか、マイナスに働くのかも不明だ。

それでも、間違いなく変化が生まれている。

この停滞しかなかったはずの階段島に、変化が。

だがきっと、七草さえそのことには無自覚的だろう。

——間違えないでよ、ヒーロー。

時任はヘルメットの下で笑う。

なにを守り、なにと戦うのかを決めるのが、ヒーローの最初の仕事だ。

13　七草　午後六時三〇分

真辺は委員長へのプレゼントに、小さな猫のぬいぐるみを選んだ。気が強そうな目つきの黒猫で、なんとなく委員長に似ている。

不安げに、「これでいいと思う?」と尋ねる彼女に、僕は頷いた。

一方で大地は、左右の手に持つ商品をくるくると取り替えて悩み、最終的にはクマのイラストがプリントされたハンカチを選んだ。

「触ると気持ちいい」

と、満足げにほほ笑む。ハルさんへのプレゼントは、もちろん彼が選んだものがベストに決まっている。

僕はハンカチの代金ちょうどを大地に手渡して、「自分で買える?」と尋ねた。彼は力強く頷いて、レジに向かう。せっかくだから僕は、ハンカチが入るサイズの綺麗な紙袋を買って、大地にプレゼントすることにした。この店は包装には力を入れてくれないのだ。それをみた真辺も、ぬいぐるみ用のラッピングを探す。

店を出た僕たちは、まず大地を三月荘に送り届けた。ハルさんは少しだけ怒って、大地を抱きしめた。それをみると僕は、たまらなく申し訳ない気持ちになった。

それから真辺を、パーティが行われる寮まで送っていくことにした。

道すがら、真辺が話題に出したのは、サンタクロースのストーカーに遭ったという少女のことだった。

サンタ帽をかぶったまま、彼女は首を傾げる。

「七草は本当に、サンタクロースのストーカーがいると思う？」

「いや。噂そのままっていうのは、ちょっと考えづらいね」

「どうして？」

「その子はさらわれていないんでしょ」

恋愛成就のサンタクロースの具体的な内容は、こうだ。

とても律儀《りちぎ》なサンタクロースがいて、彼に「恋人が欲しい」と手紙を出すと、好きな相手をさらってでも連れてくる。

もしも噂が真実なら、その子が無事であってはならない。少なくともサンタクロースのような、超越的な存在が絡んだ話ではないように思う。

「水谷さんも、ストーカーが本当にいるなら、犯人は噂に便乗した誰かだろうって言ってた」

「そうかもね。君はどうするの？」

「水谷さんを手伝おうかな。他に似た被害が出ていないか調べるみたいだよ。私は被害者の女の子を、ずっと見張ってた方がいいかもしれない」

変だね、と僕は呟く。

「ちょっと矛盾している」

「どこが？」

「委員長は犯人が普通の人間だと思ってるんだろ？　だったら、同じ被害を調べるっていう思考にはいかない」

噂が真実だと考えているなら、わかる。サンタクロースに「恋人が欲しい」と手紙を出した人物が何人もいるかもしれない。

でも「噂を模倣したストーカーが複数人いる」というのは、可能性としては低いのではないか。もちろんゼロではないけれど、調査の一歩目としては、漠然としすぎている。

頷いて、真辺が答える。

「被害に遭った女の子に頼まれたんだって。ほかにも同じことが起こっていたら、堂々と学校の先生なんかに報告できるから」

頼まれた、か。委員長らしい。

「その女の子は、なんていう名前なの？」

「教えてくれなかった。プライバシーがどうとかで」

そっか、と僕は呟く。

「ストーカーの件は、いったん僕に任せてもらっていいかな？」

「もちろん。私にも手伝えることはある？」

「なんでもできる？」

「それはわからないけど。できることなら、なんでもするよ」

その返答はあまりに真辺由宇に似合っていて、僕は思わず笑ってしまう。

「じゃあ、まずはサンタの帽子を僕に預けて」

「どうして？」

「そのままパーティに参加するわけにはいかないだろ？　被害に遭った女の子がみたら、あまり良い気がしない」

「そっか」

真辺はサンタ帽を、僕に差し出した。

それからなんだか、得意げにみえる顔で笑う。

「七草は色々なことに気がつくね」

「そうでもない。今回に関していえば、君がそういうことに無頓着《むとんちゃく》なのが悪い」

「気をつける」

真辺は神妙な顔つきで頷くけれど、あまり信用はできなかった。決して彼女の言葉が口先だけだと思っているわけではない。でも彼女はすぐに、目の前のことに夢中になって、それ以外は忘れてしまう。

「それから、クリスマスパーティは、できるだけ積極的に楽しむこと。君、あんまり経験ないでしょ？」

「そういえば、ないな」

まあ僕も、友人たちとのパーティなんてものに参加したことはほとんどないから、人のことは言えないけれど。

「とりあえず笑っておけば楽だと思うよ。愛想笑いでいいから」

「どうすれば笑えるの？」

「君、意図的に笑ったことないの？」

「ないよ。そんな器用なこと、簡単にできる？」

「できる。小学校の低学年で習うことだ」

「習ったかな。道徳の時間？」

「たいていは休み時間かな」

とはいえ本音をいえば、真辺に愛想笑いなんて不似合なことをして欲しくなかった。一方で、真辺と委員長の関係が、少し気になっていた。特別ふたりを仲良くさせたいわけではないけれど、あまり険悪になるのも避けたい。

でも真辺は目の前のパーティよりもずっと、ストーキングするサンタクロースのことが気になっているようだった。

「本当に、犯人がサンタクロースだったらいいのに」

と彼女はつぶやく。

その気持ちはよくわかる。

世界中のすべての悪事は怪人の仕業で、クリスマスに起こる気味の悪い出来事はみんなサンタクロースが原因だったらいい。怪人と聖人を並べると叱られそうだけど、でも生身の人間が犯人よりはずっといい。

みんな、フィクションみたいな超越的な何かのせいだったら、たったひとりのヒーローが世界中から悲しみを消し去ることだってできるかもしれない。世界をそういう、わかりやすい力で守れるなら、僕でさえ楽観的に毎日を送れる。

だけど実際は、そうじゃない。

人間が抱える問題の、たいていの原因は人間だ。

＊

クリスマスの七不思議が、つい最近作られた人為的なものだということは、実は初めから知っていた。

もちろん、僕が作ったから、ではない。

でも七つの噂のうちのひとつは僕が作った。正確には、僕が創作したひとつの噂が、七不思議に取り込まれていた。

——凄腕のハッカーがホワイトハウスのツイッターアカウントを乗っ取った。結果、大問題になり階段島に逃げ込んできた。

これに六つの噂が付け加えられる形で、クリスマスの七不思議は作られたのだろう、きっと。

もともと七不思議は存在していて、そのうちのひとつを押しのけて僕が作った噂が加えられた、という可能性は低い。その場合、聞き込みを続ければ八番目の噂が出てくるのが自然だ。

だとすれば、時系列がおよそみえてくる。

僕がハッカーの噂を作って広めようとしたのさえ、ほんの一週間前のことだ。その噂を知った誰かが、慌てて七不思議を作って流したとして、四、五日前といったところ。なのにこれだけ「クリスマスの七不思議」が広まっているのは驚異的なことだ。噂の内容ではなく、階段島という場所が。閉鎖されたこの島では、こんなにも簡単に噂話が浸透する。僕にはそれが、なんだか怖ろしいことに思える。

僕はもう少し早く、クリスマスの七不思議なんてものが生まれた理由について考えればよかった。少なくとも一昨日の時点で、僕の手元には、真相を推測するだけの材料が揃っていた。でも目の前のことに夢中で、ろくに頭を使いもしなかった。

だから僕は、大きな失敗を犯してしまった。

あるいはもう、すべてが手遅れになっているかもしれない。

最悪の事態に備えて、コンビニを名乗っている雑貨屋で、僕はカッターナイフを一本買った。それをポケットに忍ばせていた。

刃物や拳銃《けんじゅう》ですべてを終わらせるような物語は、僕は好きではない。

これを使う機会がなければいいけれど、でも。

魔女が充分に優しかったなら、僕は、暴力的な方法で責任を取らなければならないのかもしれない。

＊

クローバーハウスの前で、手を振って真辺と別れた。

それから街灯の下に立ち、レンガを積み上げた壁にもたれかかって、空の星々を眺めて過ごした。

背中に感じるレンガは冷たい。コートの襟元をぎゅっと合わせても夜風を防ぐことはできない。星の光だってちっとも暖かくない。

寒さに耐えかねて、僕はサンタクロースの帽子をかぶる。手袋越しに両方の頬をこすりながら、漠然と考えていたのはレプリカのヒーローや、イミテーションの優等生のことだった。

それらはまるで、純白を目指す混色みたいだ。

赤や、青や、黄色や。様々が合わさった混色は信じるのだ。

もっと白を。もっと白を。どこまでも貪欲《どんよく》に白を加えれば、もしかしたら、いつかは純白になれるのではないか。

でもそれは純白の定義ではない。

白はなんにも混ざらない色だ。あらゆる混色が決して届かない色だ。

まっ白なヒーローを目指す混色の少年は、まっ白な優等生を演じる混色の少女は、きっとそのことに自覚的だ。なのに純白から目を逸《そ》らせない。それが美しい色だと知っているから。

純白を目指す混色の幸福とはなんだろう？

僕にはその答えがわからない。

今日一日で起こったことを、一所懸命に考えてみるけれど、やっぱりまっ白な答えはみつからない。

14　佐々岡　午後六時四五分

イヤホンから流れていたミュージックが止まって、携帯ゲーム機のバッテリーが切れたのだと気づいた。そのとたん、くるぶしの辺りから疲労が湧《わ》き上がり、もう一歩も走れなくなった。

佐々岡は両膝《りょうひざ》に手をついて、繰り返し冷たい空気を吸っては吐く。急速に汗が冷めていく。ようやく上がった息が落ち着いてきたころ、大きなくしゃみを一度した。

もう、ここまでだ。

そう決めるのは、思ったほどの重労働ではなかった。だってもうBGMさえ止まってしまったのだから。ここにいるのは主人公じゃない、なんでもない高校生だ。

くそ、と吐き捨てる。今日のオレは、主人公らしく振る舞えていただろうか。

音の鳴らないイヤホンをつけたまま、佐々岡はゆっくりと歩き出す。鉛の靴を履いているように、一歩一歩が重く、体力が奪われる。疲労でため息をつくたびに、世界がどんどんつまらなくなっていく。

できるだけのことはやったさ。どうしようもなかったんだよ。そう自分に言い聞かせて、そっと、そっと歩く。何も刺激しない足取りで。

ゲームミュージックのない階段島は静かだ。

どこか遠くの、いくつかの場所から喧噪《けんそう》が聞こえる。それは佐々岡には関係のない世界の音だった。まったく無意味で、なにも訴えかけてこなかった。

欲しいのは、もっと優しくて、明るい音楽だ。

無理に胸を張って、嘘でも笑えるような。

無残な敗北を忘れさせてくれる。忘れられなくても強がれる曲だ。

佐々岡はイヤホンを押さえて、小さな声で「Pollyanna」を口ずさむ。独りきり旅に出る主人公を、優しく応援してくれるメロディだ。この先には怖ろしい敵が待ち構えていて、いくつもの苦しいことがあるけれど、でも同じだけ希望もあることを示唆《しさ》してくれる。前向きな女の子の名前がついた曲。

上手くいかないのなんて、いつものことだ。また明日から頑張ればいい。セーブもコンテニューもできない世界だけど、ディスクを取り替えて、また新しいゲームを始めることならできる。ひとつ終われば、次を始めればいい。

それだけ考えて、思い出した。Pollyanna は、あの音楽室で少女に出会ったときに聴いていた曲だ。

ちょっとだけ涙がにじむ。

――オレは、いつまでもこうなのかな。

同じように空回りして、同じような失敗ばかりしているのかな。

本当はただの凡人で、主人公になる資格なんて持っていなくて。RPGの城下町なんかにたまにいる名前もない戦士Aで、話しかけるといつも「オレが魔王を倒してやる」なんてことを言っていて、ゲームをクリアするまでそのままで。プレイヤーたちに鼻で笑われるためだけに配置された、ほとんど容量も食わない、なんのデータも持っていない賑《にぎ》やかしのひとりなのかな。

もうちょっと成長しろよ、と兄が言う。

嫌だ、と佐々岡は首を振る。

具体的な反論はない。でも嫌だ。諦めるのが正しくても、それが具体的な強さだったとしても、それでも諦めたくはない。この感情を手放してしまえば本当に、生きることはひどくつまらない。世界のひとつも救えない、女の子のひとりも泣きやませられない生き方に、いったいどんな価値があるっていうんだ。

佐々岡は掠《かす》れた声で、Pollyannaを歌い続ける。

目元を拭って、胸を張って、最後の意地で彼女がいる寮へと向かう。

――ごめんなって、言わないと。

一所懸命、ヴァイオリンの弦を探したけれど、みつけられなくてごめんなって言わないと。それは彼女のためではなくって、優しさでも、懺悔《ざんげ》でさえもなくって。世界に対して舌を出すような感情で、最後までやりきらないと。

佐々岡は歩く。一歩、一歩に疲れ果てながら。

そこの路地に入れば目的の寮だ、というところで、後ろから声をかけられた。

「あれ。佐々岡くん？」

振り返る。水谷がこちらを見上げていた。


彼女は右手に、大きなペットボトルが三本入ったビニール袋をさげていた。パーティの買い出しだろう。

「持つの、手伝おうか？」

「大丈夫ですよ。うち、すぐそこだし」

「クローバーハウス？」

「はい」

「ちょうどオレも、そこにいくつもりだったんだ」

佐々岡は水谷の手から、ビニール袋を取り上げる。重い。くたくたの身体に堪《こた》える。

彼女は、あ、と小さな声をあげて、それから笑った。

「ありがとうございます」

「いや」

もう少し恰好よく振る舞えればいいけれど、軽口も思いつかなかった。

「私もちょうど、佐々岡くんを探してたんです。寮に顔を出してみたんだけど」

「今日は一日中、走り回ってたんだ。どうしたの？」

「これ」

水谷はポケットから、四角い、ひらべったいものを取り出した。

「プレゼントです」

空いている左手で受け取る。

「なに、これ？」

「ヴァイオリンの弦です」

わけがわからなかった。こんな、無茶苦茶な。あれほど全力で探しまわってみつからなかったものが、どうして。

「よくわからないけれど、探してるんですよね？」

クリスマスカードに書いてたから、と水谷は言う。

佐々岡はその薄いパッケージをじっとみつめる。

アルファベットで知らない単語がいくつか並んでいる。でもその中の、オリーブは読めた。Ｅという文字もある。オリーブの、Ｅ線。ずっと探していたもの。

――マジかよ。どうして。

佐々岡は空を見上げた。輝く星々に向かって、雄叫《おたけ》びを上げた。

隣で水谷が驚いているのにも構わずに、「最高だ」と叫ぶ。彼女を抱きしめたかった。重たいペットボトルがなければ、本当に抱きしめていた。

戸惑っているその友人に向かって、また叫ぶ。

「ありがとう」

水谷はまだ、自分がどれだけの偉業を成し遂げたのか、理解していないようだった。不思議そうに呟く。

「そんなに欲しかったんですか？」

「当たり前だろ。これで世界を救えるんだぜ？」

「世界？」

それはもちろん、嘘じゃない。

モンスターがあふれているわけでもない、魔王もいない世界だけど。でもこの弦が、確かに救う。暗い夜が明るくなる。これまで佐々岡が信じてきた、信じたいと願い続けてきた個人的な世界が、この弦で救われる。

――ほら。

と、兄に向かって得意げな笑顔をみせた。

世界はちゃんと、面白いじゃないか。

「最高だよ。本当に。最高だ」

こんなシナリオだったのか。

空回りばかりで、どこにも欲しいものがなくて、ぎりぎりまでねばろうとして、でも諦めて。それから唐突に、ハッピーエンドが降ってくる。展開が荒っぽすぎるぜと言いたくなる。でも最高だ。初めて報われた。努力でも、苦労でもなくって。部分じゃなくて、もっとストレートに、全体が肯定された気がした。

水谷が笑う。

「なんだかわからないけど、喜んでもらえたなら、よかったです」

その笑顔は純粋で、なんだか綺麗にみえて、ついじっと眺めてしまう。

彼女は首を傾げる。

「どうしたんですか？」

どうしたってこともないけれど。

「イヴってやっぱり、奇跡が起こるんだなと思って」

「なんですか、それ」

ふたりは寮に向かって歩き出す。

音の鳴らないイヤホンから、知らない、でも懐《なつ》かしい曲がきこえた気がした。それは空耳だったけれど、しばらくは鳴り続けていた。

15 水谷 午後六時五五分

胸がどきどきと鳴っていた。

小学生のころ、みんなの前で先生に褒められたときみたいな、照れくさいけれど確かな快感で、頬が熱くなる。

――喜んでもらえた。

とても強く。過剰なくらいに劇的に、喜んでもらえた。

そのことが嬉しかった。泣きたくなるくらいに。このどうしようもない一日に、唐突に意味が生まれた。

佐々岡は「ありがとう」と繰り返した。その言葉に彼の心がこもっているのだとわかった。いつものように相手の笑顔が純粋なものなのか、それとも作り物なのかを推測する必要もなかった。

長い迷走の果てに、強烈に感謝されてようやく、水谷は自分の理想を確信した。

人のために動くことは、生きる上で有利なのだ。良いことをすればいずれそれを相手が返してくれる、というだけのことではなくて。純粋に感謝されるほどの快感はほかにない。ありがとう、という言葉を聞けたそのとき、すでにその行為は報われている。

――私は、認められているんだ。

自分の価値を実感できる。

それ以上に望むことなんて、この世界にありはしない。

黙っているのも不誠実なような気がして、水谷はヴァイオリンの弦を、堀からもらったことを告げた。彼女からのプレゼントなので大切にしてください、とそう言った。

佐々岡は不思議そうに首を捻《ひね》る。

「どうして堀が、ヴァイオリンの弦なんて持ってたんだろう？」

それは水谷も不思議だった。

でも、理由なんてどうでもいい。イヴだから、で、みんなすませてしまっていい。きっと彼女にも色々な事情があって、ささやかなものの積み重ねで、ヴァイオリンの弦をプレゼントしてくれたのだろう。

やがて、寮がみえた。

その入り口に、七草が立っていた。彼はサンタクロースの帽子をかぶって、背中をレンガ塀に預けて、真面目な表情でこちらをみていた。

「やあ」

と彼は言う。

佐々岡が「よう」と応えて、水谷も「こんばんは」と微笑む。

「うちの寮に、なにか用ですか？」

「真辺を送ってきたついでだよ」

彼はほんの一瞬、ちらりと佐々岡の手元にある、ヴァイオリンの弦に目をやったようだった。

「委員長と佐々岡に、訊きたいことがあるんだ」

「そうですか」

水谷は思わず、眉を寄せる。もう数分で、パーティが始まる時間だ。長い話だと困ってしまう。

七草はほほ笑む。その表情は粉雪に似ていた。優しいのに、冷たくみえた。

「委員長の方は、すぐ終わるよ。ひとつだけ知りたいんだ。サンタクロースに後をつけられたっていう女の子の名前を、教えてもらえるかな？」

その質問には、答えづらい。

どうにか当たり障《さわ》りのない言葉をみつける。

「心配してくれてありがとうございます。でも本人が、あまり騒がないでほしいと言ってるから」

「じゃあ、イエスかノーでいい」

なぜだろう、彼の笑顔が怖ろしかった。

どこにもおかしなところはないのに。完璧な作り笑いなのに、背筋がぞくりとした。

この少年からは、たまに、奇妙な迫力を感じる。

「ストーカー被害に遭った女の子は、ヴァイオリン奏者で、今夜のパーティで演奏会をすることになっている。当たっているかな？」

それは。どうして。当たっている。

水谷は思わず頷く。

笑顔のままで、彼は言った。

「ありがとう。それじゃあ、パーティを楽しんでね」

わけがわからなかった。

水谷も笑顔を作って、なるたけ友好的に「はい。メリークリスマス」と告げる。それから、佐々岡から飲み物が入ったビニール袋を受け取って、足早に寮に入った。

玄関で、靴を脱ぎながら、また首を捻る。

――なんなんだ、一体。

せっかく最後にひとつ、良い事があったというのに。これからクリスマスパーティなのに、意味もわからないまま気分が沈んだ。

いったい彼は、なんのために現れたのだろう？

＊

そう広くもない食堂に、今日は大勢が詰め込まれていた。

椅子の数が足りないから立食形式で、テーブルにはサンドウィッチやからあげなど、食べやすいものが並んでいる。クリスマスケーキは大きなホールがふたつある。あちこちで三、四人のグループができ、大きな声量で雑談を交わしている。部屋の隅に置かれたCDコンポからは、「サンタが街にやってくる」が流れている。

予定よりも参加者が増えたから、追加で買ってきたペットボトルをテーブルに置き、食堂内をざっと見渡した。友人の姿を探したのだ。

部屋の隅っこでひとりきり立っている堀と目が合って、水谷は軽くほほ笑む。彼女は喋るのが苦手だから、近くについていてあげなければいけない。あの弦で佐々岡がとても喜んでくれたことも報告したい。プレゼントをほかの人に渡してしまった、なんて相手によっては機嫌を損ねかねないけれど、堀ならむしろ喜んでくれるはずだ。

真辺は部屋の中央の辺りで、この寮の上級生ふたりと話をしていた。

その上級生には真辺のことを何度か話題に出していたので、それでふたりが興味を持ったのかもしれない。彼女はいつものように真面目顔で、ふたりの上級生はそれを面白がるように笑っていた。

彼女たちの、話の内容まではわからない――室内はとにかくうるさい――けれど、少なくとも険悪な雰囲気ではないことに、とりあえず胸をなでおろす。

真辺のところにいく前に、真辺に挨拶をしておこうと決めた。彼女をパーティに誘ったのは水谷だから。

食堂に流れる明るいメロディに歩調を合わせながら、真辺の方に歩み寄る。でもその途中で、壁際《かべぎわ》に立った少女が目に入った。

豊川。

このイヴに起こった出来事の中で、まだ解決していないのは、サンタクロースのストーカー事件だけだ。

豊川は顔を伏せている。その周りを、彼女の友人たちが沈んだ表情で囲んでいる。パーティ会場で彼女がいる一角だけが、温度が低いように感じた。

――無視は、できない。

良い先輩として。完璧に正しい優等生として。

覚悟を決めて、水谷は方向を転換し、豊川に声をかける。

「大丈夫ですか？　気分が悪いの？」

彼女についていた、下級生のひとりが口を開く。

「先輩。クリスマスの七不思議って、知ってますよね？」

「ええ。それが？」

「本当になっちゃったみたいなんです」

それで、おおよそ事情を理解した。

――また、サンタクロースのストーカーが出たんだ。

間違いないと思った。だが、違った。

「弦が」

豊川は顔をあげる。

なんとなく泣いているような気がしていたけれど、彼女の目元は乾いていた。

「ヴァイオリンの弦が切れてしまって、演奏できないんです。もっと早く言わないといけなかったのに、打ち明けられなくて」

必ず失敗する演奏会。

イヴの演奏会は呪《のろ》われていて、絶対に開催されない。強引に開こうとすると悲劇が起こる。

――いったい、何が起こっているんだ？

これはただの偶然なのだろうか。それともクリスマスの必然なのだろうか。

「切れてしまったのは、E線ではないですか？」

半ば確信して、水谷はそう尋ねた。

16　時任　午後七時

アリクイ食堂の前で、その店の主《あるじ》をみかけた。

彼女の隣で、時任はカブを停める。

「あれ？　今夜はパーティじゃなかったっけ？」

「そうだよ。遅刻中」

「なにそれ。遅刻ついでに、私の晩御飯作ってよ」

「そんな暇ないよ。ちょっと探し物してたら時間食っちゃって。乗っけてってよ」

「カブの二人乗りは禁止されています。私の後部座席はレターボックス専用だし」

「色気のない話だね。イヴだよ」

「おばさん乗っけてどうすんのさ」

で、探し物はみつかったの？　と時任は尋ねる。

店主は白い息を吐き出しながら、首を振った。

「ない。元々、ないって知ってたんだけどね。もしかしたらと思って」

「へえ。なに？」

「ヴァイオリンの弦だよ。予備がないかと倉庫をひっくり返したんだけどね」

弦。またか。どうやら今夜のキーアイテムは、ヴァイオリンの弦らしい。

「また弾く気になったの？」

アリクイ食堂の店主は、以前はヴァイオリンの奏者だった。そこそこ名前も売れてたんだよと自慢げに言うから、インターネットで検索してみたことがある。

とりあえずいちばん上に出てきた動画を再生してみると、濃紺色のドレスを着た彼女が、険しい顔つきでメンデルスゾーンを弾いていた。それは分厚い包丁で魚の骨を叩き切っているときの彼女と、だいたい同じ表情だった。

店主は笑って、首を振る。

「いいや。ちょっとね。豊川って言っても、わかんないよね？」

たまたま、今日覚えた名前だ。

「知ってるよ。クローバーハウスの」

「そ。あの子が今日、演奏会をする予定だったんだけどね。練習で弦を切っちゃったらしくて」

「どっかで聞いたことある話だね」

「実際、よく切れるんだよ。とくに細いのはね」

「疑問だったんだけどさ」

簡単に尋ねて良いことではないような気がして、今までは口にしなかったけれど。

「あのとき、どうして延期じゃなくて、中止にしたの？」

彼女がこの島で演奏会を開こうとしたときの話だ。

一週間で、ぱすぱすと三本だか四本だかの弦を切ってしまった彼女は、演奏会を中止した。でも次の週末になれば、新しい弦が届いたはずなのだ。今みたいに、通販が止まっているわけでもなかった。

店主は細長く息を吐き出す。

「だって仕方ないでしょ。食堂の方が楽しくなっちゃったんだから」

「なに、それ」

「元々、止めたかったんだよ。忙しくてね。あんまり練習の時間が取れなかったんだけど、下手な演奏を聴かせるのは絶対に嫌だし。この島では弾きたくないなと思ってたときにちょうど、弦が切れたから」

いい機会だと思って止めちゃった、と彼女は笑う。

でも、プロフェッショナルになれるほど練習を積んだものを捨てるのが、それほど簡単なわけがない。時任にはわからないけれど、想像はできる。

ここは捨てられた人たちの島だ。自分自身に欠点だとみなされて切り離され、ゴミ箱の中に押しこまれた人たちの島だ。

彼女がヴァイオリンを辞めたことはおそらく、「捨てられた理由」に関係しているのだろう。それがなんなのかは知らないけれど、でも時任は、「現実の方の彼女」がまだヴァイオリンを続けていることを知っている。もちろんその情報は、この島では徹底的に秘匿《ひとく》されている。インターネットでも彼女のことは、島にくる直前までしかわからない。

きっと「自分の一部分」を捨てたから、現実の方の彼女は演奏を続けられたのだ。それを幸福と呼べるだろうか。わからないし、時任が判断をくだせることでもない。なんにせよこの島には、彼女がヴァイオリン奏者だったことを知っている人間はほとんどいない。それで彼女の心が安らぐなら、時任が文句をいうことでもない。

「貴女がおだてられてヴァイオリンをあげちゃった子が、その豊川さん？」

「嫌な言い方をするね。弾く気もないのに、倉庫に放り込んでおいても仕方ないだろ」

「そうかもしれないけどね」

貴女のヴァイオリンを聴いてみたかったな、と言ってみようかと思ったけれど、そんなことが彼女を傷つける可能性もあって、時任は言葉を飲みこむ。

代わりに尋ねた。

「その豊川って子は、上手いの？」

「上手いよ。とても丁寧で、健全な演奏をする」

「健全って、褒め言葉？」

あまり芸術には似つかわしくないような気がする。少なくとも才能というのは、どこか不健全な印象がある。

店主は小さな声で、笑った。

「もちろん褒め言葉だよ。丁寧も、健全も、突き詰めればなんだって狂気的だ」

彼女は一歩、道路に足を踏み出して、軽く右手を上げた。

振り返ると、一対のライトが、こちらへと近づいてくる。島に一台だけ走っているタクシーは、イヴの夜も営業しているようだ。

そのタクシーをみつめたまま、店主はつぶやく。

「とはいえ、あの子の演奏をきちんと聴いたことはないけどね」

「そうなんだ」

どうして？

ヴァイオリンをあげたくらいだから、仲が悪いわけでもなさそうだけど。

そのことを尋ねてみようかと思ったとき、目の前でタクシーが停まった。

三話、ぼろぼろのヒーローをみて一体だれが笑えるというんだ

1　七草　午後七時

窓の向こうからひときわ大きな歓声が聞こえた。

クリスマスパーティが始まったようだ。

佐々岡《ささおか》は落ち着かない様子で、あちこちに視線を向けた。窓をみて、僕をみて、足元をみて、また僕をみた。

「なあ、ストーカーってなんだよ？」

彼は喜劇といわれて悲劇をみせられたような、反応に困った結果みたいな、無理やりな笑顔を作っている。

「オレはさ、早くこの弦を届けないといけないんだ。知ってるだろ？」

僕もそれほど、時間をかけるつもりはない。

「ミュージシャンに会ってから、君がなにをしていたのか教えてくれるかな？」

「どうして、そんなこと」

「頼むよ。簡単にでいいから」

仕方ない、と言った様子で、佐々岡は説明を始める。

この島にいる「音楽家」とは、アリクイ食堂の店主だったこと。だが彼女はずいぶん前に、自分のヴァイオリンを豊川《とよかわ》——佐々岡が弦をプレゼントしようとしていた少女にあげてしまっていたこと。それから佐々岡は委員長に会い、ヴァイオリンのE線をプレゼントされたこと。

「どうして委員長はヴァイオリンの弦なんて持っていたんだろう？」

「よく知らないけど、堀《ほり》がくれたって言ってたぜ」

「堀は？　どうして持っていたの？」

「そこまでは知らないよ。なあ、もういいだろ」

もういい、だろうか。

僕はポケットの中のカッターナイフを意識する。それで強引に、ことを終わらせてしまうことだってできる。

実際に、ポケットに突っ込んだ手の指先で、その固く冷たいものに触れてみた。かちかちと刃を伸ばすところを想像した。佐々岡がどんな表情で、どんなことを言うのか。

それに僕がどう答えるのか、想像した。

その想像は、やはり悲しい。

あるいは佐々岡をこのまま寮に入れてしまうのと、同じくらい悲しい。

ため息をついて、カッターナイフから手を離す。

結局、僕が選んだのは、あらゆる意味で正解ではない方法だった。理由は僕自身、よくわからない。佐々岡を「主人公」から引きずりおろしたくなかったのかもしれない。そんなにもひどいことを選ぶ自分が不思議だった。僕は、そりゃ聖人のようではないにせよ、優しさのかけらくらいは持っていると思っていたから。

つまり僕は、彼に真実を話すことを決めた。

「豊川という女の子が、委員長に相談したんだ。ストーカーの被害に遭っているかもしれないってね。そのストーカーはサンタクロースの帽子を落としていった」

僕はかぶっている帽子を指さして、尋ねる。

「この帽子だよ。君、クリスマスの七不思議は知ってる？」

普段よりもずっと少ない口数で、佐々岡は頷《うなず》く。

「だいたいわかる。はっきりとは知らない」

「そのうちのひとつ、恋愛成就《じょうじゅ》のサンタクロースが現実になったわけだよ。完全な形ではないにせよ。ちょっと、七不思議の全体を確認してみようか」

「それ、必要なことなのか？　つまりさ、これから、E線を届けようってときに」

「必要なことだよ」

　これはみんな、一本のヴァイオリンの弦に関する話だ。

「七不思議のうちのひとつ、島に逃げ込んできた凄腕《すごうで》のハッカーは例外だ。この噂《うわさ》は七不思議よりも先に、単独で流れていたんだ。ハッカーの噂に付け足す形で、もう六つの噂が作られて、七不思議になった」

　それで？　と佐々岡が先を促す。

　頷いて僕は続ける。

「七つの噂は、二つのタイプに分類できる。一方のタイプは、元々島にあった、別の噂を取り込んだパターンだ。イヴには必ず雪が降る。これは真実らしい。魔女の手先たちが集まって行うクリスマスパーティがある。島の住民に魔女の手先が紛れ込んでいるという話は、以前からあったそうだよ。それからさっきの、ハッカーの噂」

　佐々岡は少しずつ、この話に興味を持ちつつあるようだった。

　腕を組んで、真剣な表情で頷く。

「あとの四つは？」

「もう一方のタイプは、人の手で再現が可能なものだ。必ず落ちている手袋や、クリスマスケーキが供えられるお墓。実際、海辺の地蔵の前には手袋が落ちていて、お墓のひとつにはクリスマスケーキが供えられていた」

　こんなの誰だって、気まぐれで現実にできる。時間も出費もそれほどかかりはしないだろう。

「じゃあサンタクロースのストーカーも、誰かが再現したものなのか？」

「その可能性が高いと、僕は思っているよ」

「弦も？」

　睨《にら》むような目で、彼はこちらをみる。

「あの子のE線を切ったのも、七不思議のためなのか？」

　必ず失敗する演奏会。

　それも、七不思議のひとつだ。

　僕は首を横に振る。

「あくまでこれは、僕の推測だ。でもね、おそらく反対なんじゃないかと思う」

　なぜ、クリスマスの七不思議なんてものが作られたのか。納得できる理由は、ひとつしか思いつかなかった。

「ヴァイオリンの弦を切るために、七不思議は作られたんだよ」

　本当に広めたいひとつの噂を紛れ込ませるために、七不思議は作られた。

　そのひとつが、必ず失敗する演奏会だ。

手袋やクリスマスケーキは再現しても意味がない。サンタクロースのストーカーは、結局彼女を連れ去ってはいない。

長々と話しているあいだ、僕はじっと佐々岡の表情を観察していた。僕が言いたいことに彼が気づいたところで、この話を切り上げようと思っていた。

でも佐々岡はまだ本題を飲みこんでいないようだった。彼は落胆でも失望でもなく、熱意のある怒りを瞳《ひとみ》に浮かべていた。

「いったい誰が、そんなことしたんだよ？」

彼は軽薄にみえるけれど、頭の回転は速い。ここまで話して、真相に気づいた様子がないのが不思議だった。

あるいは彼は、本能的にひとつの結論を避けているのかもしれない。それとも僕に、最後まで語ることを求めているのだろうか。お前が始めたことだろう。最後まで責任をとれよ。そういう風に。

僕は答えた。

「豊川さんだよ」

ほかには考えられないじゃないか。

ストーカーと演奏会は、手袋やケーキほど再現が簡単なことではない。そして、その被害者が両方同じひとりの少女だというなら、もうほとんど決まりだ。

彼女自身が七不思議を作り、それを再現したんだ。

ヴァイオリンの弦を切るために。演奏会を中止するために。それをイヴに起こったいくつもの不思議に紛れ込ませるために。

僕は頭に載せていた、サンタクロースの帽子を手に取る。

「彼女は自分で弦を切って、この帽子を拾ったふりをしたんだ。呪《のろ》いもなかったし、サンタクロースもいなかった。みんな嘘《うそ》だよ」

佐々岡の顔から、ようやく表情が抜け落ちた。

彼は軽く左耳に触れ、そこにあるイヤホンを押さえた。まるで怯《おび》えているような様子で、じっと手元のE線をみつめた。

「じゃあ、みんな無意味だったのか」

佐々岡の掠《かす》れた声を聞くだけで、胸が痛くて、僕は耳をふさぎたかった。

彼に真実を伝えることが、正しいはずがないのだ。強引に弦を奪って、カッターナイフで切り刻んでしまえばよかった。そういう風に暴力的にすべてを終わらせてしまった方が、やっぱりよかった。

それでもすべて話してしまったのはきっと、この島に真辺由宇《まなべゆう》がいるせいだ。彼女のせいで僕は、完璧《かんぺき》に綺麗《きれい》な結末を捨て去ることができないでいた。それは純白を目指す混色の悲劇みたいに。僕もまた、その届かない色に囚《とら》われていた。

「オレは、どうして」

佐々岡は、一歩、二歩と僕に近づく。

それから、僕の手から、サンタクロースの帽子を乱暴な手つきで奪い取る。

彼は帽子とE線を、しばらく眺めて。

「どうして、つまらないんだよ」

消え入るような声でつぶやいて、うつむいて。

ふたつまとめて、地面に叩《たた》きつけた。

僕は考える。

今日一日、佐々岡はヒーローだっただろうか？

少なくとも彼は、誠実に、正しいことをしようとしていた。彼の行動力は僕の想像以上だった。隣に真辺由宇なんて特殊例がなければ、僕は心の底から驚いただろうし、真剣に彼を尊敬していたかもしれない。

でも、あくまで僕の個人的な価値観では、佐々岡はヒーローではない。

彼の行動はすべて自分自身のためだったから？　違う。博愛精神よりもむしろ、身勝手な願望のために人を助けようとする感情の方が、より英雄的だとさえ僕は思う。目的を達成できなかったから？　それも違う。僕にとってのヒーローとは、一種のルールのようなもので、結果ではない。

僕が佐々岡をヒーローとは呼べない理由は、たったひとつで。

最後には彼は、諦《あきら》めてしまえるからだ。

今みたいに、うつむいて、しゃがみ込んで、立ち止まってしまえるからだ。

僕は真辺由宇の影響を強く受けすぎているのだろう。つい彼女と比べてしまう。彼女ならこうじゃない、と考えてしまう。

たとえば、今日みたいな物語があったとして。

ひとりの少女のために、ヴァイオリンのE線をみつけようと、いくつもの困難に立ち向かいました。でも実は、演奏会を中止にするために、少女自身が弦を切ってしまっていたのです。こんな物語が、もしあったとして。

主人公が真辺由宇であれば、そこで「おしまい」とはならない。すぐにまた動き出す。次の結果を手に入れようとする。なぜ少女は演奏会を中止にしたかったのか？　その問題を排除することはできないのか？　新たな敵はなんだ？

僕のヒーローは立ち止まらない。

だから、いつだって悲劇的なんだ。戦い続ければ負けてしまうこともあるし、どんどん周りからは人がいなくなる。僕は何度もそんな場面をみてきた。

それでも彼女は歩き続ける。

一心に、歩き続けられてしまう。

佐々岡はそうじゃない。純白なんて悲劇的な色じゃない。うつむいて、しゃがみ込んで、肩を震わせて。僕はその姿に、むしろ安心する。

「運が悪かっただけだよ」

と、心の底から声をかけた。

「君がしたことは正しかった。普通なら上手《うま》くいっていた。ちょっとした詐欺《さぎ》に遭ったようなものだ。世の中は善人ほど損をしやすいけれど、それでも善人でいられる人は美しいと思う。君は間違いなく主人公だった。ただ脚本が悲劇的だっただけで、それは君の落ち度じゃない」

僕に人を慰めることなんてできるだろうか。不安だ。

でも佐々岡には心から同情していたし、今夜少しでも、彼が安らかに眠れればいいと思っていた。

「卑怯《ひきょう》なことをしたのは、ヴァイオリンの少女の方だ。どうしても彼女を許せないのなら、今からそのE線を持っていってやればいい。内心でどう思っていても、彼女はそれを受け取るしかないはずだよ。本当に、そうしたっていいんだ」

長い付き合いではないけれど、僕は佐々岡が、そんなことはしないと知っていた。

本当は、豊川という少女に対しても、否定的な感情はない。苦手なことから逃げ出すのは、当然だ。人に迷惑が掛かる方法を選んでしまったのだとすれば、それは少しだけ問題だけど、でも彼女にE線をプレゼントしようと決めたのは佐々岡の勝手だと考えることもできる。

階段島は捨てられた人たちの島だ。

欠点ばかりが寄り添って生きている島だ。

佐々岡にも、豊川にも、成長しろというつもりは僕にはない。

欠点を抱えたまま、少しでも安らかにイヴを終えられればいいと、本当に思う。それ以上のことを望まなくてもきっと、手に入れられる幸せがあるはずだ。今夜はたまたま色々なことがかみ合わなくて、上手くいかなかっただけだ。

佐々岡は顔を上げる。

「ありがとう」

彼は、ひどい顔で笑った。

「少しだけ、ひとりにしてもらってもいいか？」

頷いて僕は、足音をたてないように注意して、歩き出す。

世界がもう少しだけ、暖かな場所だったらよかったのに。

星が尖《とが》った光で照らしていても、冬の夜は冷たくて、彼が風邪をひいてしまわないかと、そんなことが心配だった。

2　佐々岡　午後七時一五分

やっぱり、上手くいかなかった。

どこかで選択肢を間違えたのだろうか。

それとも現実はいつも、つまらないものなんだろうか。

こんなに必死に探しても、走り回ってもみつからないのに。納得のいくハッピーエンドなんて、どこかに用意されていたんだろうか。

佐々岡はしゃがみ込んだまま、じっとうつむいて、嘘だらけのサンタクロースの帽子と、なんの意味もないヴァイオリンのE線を眺めていた。視界がぼやけて、ぽたぽたと涙が落ちた。

馬鹿《ばか》みたいだ、とつぶやく。

なにが？　現実が。これまで信じてきたものが。

さっさと部屋に戻って、ゲームの世界に没頭したかった。だらだらとフィールドを歩き回って、モンスターを倒して。そんな簡単なことで、きちんとゴールに辿《たど》り着ける、優しい世界に浸っていたかった。

知ってるかい。オレは、四〇時間もあれば世界を救うことだってできるんだ。これまでいくつも世界を救ってきたんだ。みんなオレに感謝するんだよ。知ってるかい。

夜の巨大な闇《やみ》を持ち上げるくらいの、渾身《こんしん》の力で、佐々岡は立ち上がる。

次のゲームに期待しよう、と胸の中で呟く。

ゲームオーバー。今回はここまで。なんてヘビーなエンディングだ。テーマ曲さえ流れない。

寮に背を向けて、サンタ帽とE線に背を向けて、歩き出そうとしたときだった。後ろからドアが開く音が聞こえて、振り返ってみるとそこには、真辺由宇が立っていた。

彼女はその、あまりにまっすぐな瞳で、こちらをみていた。

「どうしたの?」

佐々岡は、苦労して尋ね返す。

「どうしたのって、なにが?」

「みんな、貴方《あなた》を待ってたんだよ。ヴァイオリンの弦を探してきてくれたんでしょ」

咄嗟《とっさ》には、話の流れがみえなかった。

少し考えて、想像がつく。水谷《みずたに》がいれば、佐々岡がE線を持っていることはわかる。あの豊川って子は、「ヴァイオリンを弾きたくない」とは言い出せないから、黙っているしかない。

納得して、首を振った。

「弦は、みつからなかったよ」

別に豊川のことを考えたわけではない。でもいまさらE線を差し出すのは、恰好《かっこう》悪いと思った。

「あるじゃない。これでしょ」

真辺はしゃがみ込んで、アスファルトに落ちていたE線と、サンタクロースの帽子を拾い上げる。

佐々岡は慌《あわ》てて、彼女の手からそれを奪い取った。E線だけでよかったけれど、一緒にサンタ帽までついてきた。

「みつからなかったんだよ」

「どういうこと？」

「いいだろ。もう、なんだって」

佐々岡は歩き出す。いつまでもこんなところにいたのがよくなかった。さっさと家に帰ってゲームでもしていればよかった。

でも真辺が、あっさりと引き下がるわけがない。肩をつかまれる。意外に弱い力で、そのことに驚いて、佐々岡はつい振り返る。

彼女はほんの三〇センチ先から、痛みさえ感じるような強い瞳でこちらをみている。

「事情を教えて」

「お前には関係ないだろ」

「あるよ」

「どこがだよ」

「会ったじゃない。ここで」

意味がわからない。

佐々岡は彼女の瞳を見返す。でもそこにある感情がわからなくて、本当にただ佐々岡が映っているだけで、自分自身と向かい合っているような気分になる。

「貴方が、関係あるのとないのをどこで区別してるのか知らないけど。でも佐々岡だって一度会っただけの女の子のために、ずっと弦を探してたんでしょ？」

「それは」

違う。あのときは。

「あの子が、泣いてたから」

涙なんてほとんど、ＳＯＳの証《あかし》みたいなものだから。だからなんとかしてやろうって思うのは、おかしなことじゃない。

「貴方も泣いてたじゃない」

見られた？　それは、恥ずかしい。

「泣いてねぇよ」

「私には泣いていたようにみえた」

「勝手に決めるんじゃねぇよ」

「どうして」

「どうして？」

「私が決めちゃ、いけないの？」

なんだよ、それ。

「みんながみんな、助けられたいわけじゃないんだよ」

口から洩《も》れた言葉で、また視界が霞《かす》んだ。

まるで、自分自身を責め立てているようだった。――オレは、主人公になるんだ、なんてひとりで張り切っていたけれど。でもみんながみんな、助けられたいわけじゃないんだ。

「ほら。やっぱり泣いてた」

事情を教えてよ、と真辺は仄《ほの》かにほほ笑む。

その顔をみたとき、なんとなく、どうして七草《ななくさ》が彼女にこだわるのかわかったような気がした。

なぜ真辺由宇に事情を説明しようという気になったのだろう。

誰かに愚痴をこぼしたかっただけなのかもしれない。そういう意味では、真辺は最適な相手だった。簡単に慰めたりはしないだろうから。

できるだけ感情的にならないように、静かな口調で事情の説明を終えて、佐々岡は深いため息をつく。

「誰にも言うなよ」

「どうして？」

「なんか、陰口っぽいだろ。そういうつもりじゃないんだよ」

「わかった。事情もわかったし、誰にもいわない」

彼女は本当に、こちらを慰めるようなことをひとつとして口にしなかった。昨日みたテレビ番組の話をしても同じような反応なのではないかと思った。

それはそれでむかついて、少し乱暴な口調で「じゃあな」と告げる。

だが、真辺由宇は強い口調で呼び止める。

「待って」

「なんだよ？」

「まだ、泣いた理由がわからない」

「そうかよ。でもな、オレはオレなりに頑張ったんだよ」

「佐々岡が泣いた理由じゃないよ。豊川さんが」

——泣いた？

あの子が。そうだ、最初に会ったとき、たしかに彼女は、瞳に涙を溜《た》めていた。それをみて佐々岡は、彼女を助けようと決めた。

「それはおかしいよ。だって、佐々岡が音楽室に行ったのは偶然でしょ。誰に向かって演技してたの？」

「演技だったんだろ、どうせ」

「じゃあ——」

なんだ。目にゴミが入ったとか。

でもそんなわけないと、佐々岡がいちばん知っていた。彼女の濡《ぬ》れた瞳を、今もまだ覚えている。それは切実で、苦しくて、物語のオープニングにはうってつけの。ヒーローが身体《からだ》を張る価値のある、純情な表情だった。

「じゃあ、泣くほど悲しい決断だったんだろ」

あの子の心理なんて、これまで考えもしなかったけれど。

でもそんなこと、関係ない。

わかったところで同じことだ。

「泣くほど悲しんで、それでもE線を切ったんなら、無視できないだろ。やっぱりこんなもの、みつからなかったんだよ。みつかるべきじゃなかったんだ」

「うん。そうかもしれない」

真辺があっさり頷いたから、驚く。

彼女の瞳をみつめても、やはり感情は読めない。

「でも、豊川さんには思いつかなかった方法があるかもしれないよ。彼女も、貴方も泣き止《や》む方法が」

「もうオレは泣いてねぇよ」

「同じことだよ。悲しいんでしょ」

そりゃ、悲しいのは悲しいけど。

「じゃあどうしろっていうんだよ」

「豊川さんに訊《き》いてみたらどうだろう？　どうして演奏会を中止にしようと思ったんですか、って」

「できねぇよ、そんなの」

「どうして」

「あの子は、それを隠したくて七不思議なんてものまで作ったんだぜ？　お前は嘘つきだって言ってるようなもんだ。傷つくだろ」

復讐《ふくしゅう》みたいで、恰好《かっ》悪い。

なのに真辺は、首を傾《かし》げる。

「もう傷ついてるよ。たぶん」

「もっと傷つくって言ってるんだよ」

「それはいけないことなの？」

何をいってるんだ、こいつは。

もちろんいけないことだ。女の子を傷つけちゃいけない。人を傷つけちゃいけない。本能でわかることだ。

そのはずなのに、真辺由宇は、堂々と告げる。

大きくはない声で。感情的ですらない声で。ただ確信を持って。

「嘘は見破られた方が、楽だよ。そりゃ、一時は苦しいかもしれないけれど、放っておいたらずっと苦しいままだから」

ようやく彼女の考え方を理解して、反論できなくなった。

――そうか。真辺由宇は。

まず人を、善人として扱うんだ。

そうでなければ、嘘は見破られた方が楽だなんて言えない。人から与えられる痛みよりも胸の中にある罪悪感の方が重たいなんてこと、信じられない。

理解して、この少女と口論しようという気がすっかり消えた。完敗だ。まるで真辺由宇はフィクションの主人公みたいだ。

頭を掻《か》いて、佐々岡は笑う。兄にゲームで負けたときみたいに。

「じゃ、これ」

ヴァイオリンのE線を、差し出した。

「やるよ。お前が、上手いことやっといてくれよ」

真辺由宇が、あの子を泣き止ませられたらいいな。それは、あの子のためなんかじゃなくって。

現実がゲームみたいな、綺麗なエンディングを迎えられたらいい。主人公の座を明け渡すのは悲しいけれど、それをみられるなら、これまでの自分を、また明日から信じることだってできる。

――次は、上手くやる。

現実にだって主人公は生まれる。

真辺由宇にそれを証明して欲しかった。

なのに彼女は、しばらくじっと、そのE線をみて。

それから静かに、首を振った。

「私は、貴方を呼びにきただけだから」

なんだよ、それ。

「こんな中途半端《はんぱ》なところで、放り投げるのかよ」

「佐々岡が届ければいいよ」

ほら、と真辺は、こちらの手元を指す。

「サンタ帽だって持ってるし」

確かに佐々岡は、サンタクロースの帽子を握ったままだった。

「こんなの偽物《にせもの》だよ」

豊川が七不思議を成立させるために用意した帽子だ。嘘の塊みたいなもんだ。

真辺はその帽子をひょいとつかみ上げて、眺める。

「帽子に、本物とか偽物とかないと思うけど」

彼女はそれを、佐々岡の頭の上に載せる。

「本物のサンタクロースがかぶっていれば、それが本物だよ」

呆気《あっけ》にとられる。

茫然《ぼうぜん》と真辺をみつめているあいだに、「ビンゴ大会の途中だから」と言い残して、彼女はひとり寮の中へ入っていってしまった。

一〇秒か二〇秒、閉ったドアを、じっと眺めていた。

――ああ、このパターンかよ。

思い当たって、佐々岡は無理に笑う。

苦手なんだ。弱音ばっかり吐く主人公。つまんないことで悩んでさ。仲間に慰めてもらって、なのに八つ当たりしたりして。「どうしてオレが戦わなきゃいけないんだ」みたいな。そういうのって、いらっとする。

お前は世界を救えるんだろう？　ちゃんと倒すべき敵がいて、ストーリーがあって、仲間までいて。苦労の先には、ベストなエンディングが待ってるんだろう？

どこに不満が、あるっていうんだよ。

そんな主人公で世界を救うのは、気分が乗らないこともある。でもまったくダメってわけでもない。最後にひとつ、どん底まで追い込まれてから一度だけ、そんな奴《やつ》が前を向いて立ち上がる瞬間は最高だ。

意外とやるじゃん。そう言われたくて。

見直したよと言われたくて。

佐々岡は手の中のE線をポケットに突っ込み、サンタ帽の両端を引っ張る。

偽物のサンタ帽。いいじゃない。それが本物になるくらいの奇跡、イヴなら簡単に起こるだろ。

それからポケットの中の携帯ゲーム機に指先で触れた。

音は鳴らない。

でも、そうだな。別の音は鳴っている。小さな音。よく聞くと大きな音。

佐々岡は左耳から、イヤホンを外した。

ＢＧＭは窓の向こうから聞こえる喧噪《けんそう》。夜の風。星の光。それから血液を全身に送り続ける鼓動。

ぱん、と両頬を叩く。

大きく深呼吸をして、できるだけ大げさに笑う。

魔王なんていないけど、今からラストバトルが始まる。

＊

手のひらに汗が滲《にじ》んでいる。

佐々岡は寮に入り、音をたてないように注意して廊下を歩く。

ドアノブに手をかけて、息を吸って、止めて。

大声で叫ぶ。

「メリイィィィィクリスマアァァァァス！」

同時に、ドアを押して。引っかかって、引き戸だと気づいて、ようやく開ける。

ミスった。恥ずかしい。くそ、どうだっていいんだよ、そんなこと。

喧噪が止んでいた。

広い食堂には二〇人ほどの女の子たちがいる。みんな一様に驚いた表情でこちらをみている。違う。真辺由宇だけはなんてことのない無表情だ。そう思ったとたん、彼女は口元に、ささやかな微笑《ほほえ》みを浮かべた。

佐々岡は部屋を見渡す。奥のCDコンポからは「あわてんぼうのサンタクロース」が流れている。ケーキにはロウソクがたてられて、それが吹き消された跡がある。ホワイトボードには「クローバーハウス、クリスマス会」という文字と共にサンタクロースの絵が描かれている。あまり上手くはない。

「ちょっと。男子生徒は――」

高齢の女性がなにか言っている。ここの管理人だろう。知ったことじゃない。BGMとしてはちょうどいい。

目的の人物をみつけて、走る。部屋中の視線が佐々岡を追う。この瞬間、佐々岡はイヴの中心にいた。誰もが彼から目を離せなかった。瞳を動かさないのはひとりだけだ。佐々岡がまっすぐに向かっている彼女。ヴァイオリンの少女はおびえたような表情を浮かべている。急な乱入者に、というよりは、きっとE線が届いたと知って。

少女の小さな手をつかんだ。彼女は瞳に涙をためていた。

――怖がるなよ。

そう思いを込めて、佐々岡は彼女をみつめる。

サンタクロースは少女の寝室にだって足を踏み込んでいい唯一《ゆいいつ》のおっさんだろ。怖がるなよ。

彼女の手を引っ張る。軽い抵抗。ヴァイオリン奏者の腕を痛めるといけないんじゃないか、と不安になる。

泣き出しそうな顔で彼女はささやく。

「E線が、みつかったんですね？」

佐々岡は首を振る。

「まだ決めてない」

少女の瞳をみて、できるだけ丁寧にほほ笑む。

「だから、ほら。オレは君の味方だよ」

もう一度、今度は優しく手を引くと、彼女の足が動いた。よかった。ここで終わらせてしまうわけにはいかないのだ。

「いこう」

また、駆け出す。

「どこに？」

「どこだっていいけど」

長い余韻を響かせて、あわてんぼうのサンタクロースが終わる。次にジングルベルが流れ始める。その音を背負って、食堂から飛び出す。直後、どよめきが起こった。もう遅いんだよと舌を出す。

「ヴァイオリンってどこにあんの？」

「部屋」

「部屋は？」

「二階」

階段は視界に入っていた。一気にそこを駆け上がる。今日は一日、走り回って、もうくたくただった。膝《ひざ》に力が入らない。でも、ほら。エンディングは目の前だ。

「ここ」

少女はつぶやいて、あるドアの前で足を止める。手を離して、佐々岡は振り返る。

彼女はじっと、佐々岡をみていた。睨むような目つきだったけれど、不思議と攻撃的には感じなかった。

「弦を、みつけてきてくれたんですよね？」

佐々岡はポケットから、それを取り出す。

「オリーブのE線。間違いないよな」

わずかに、彼女は頷く。

佐々岡はその弦を少女に差し出す。

「メリークリスマス」

彼女は手を出さなかった。

「いらない」

「そっか」

やっぱり、いらないか。

「じゃあハサミかなんかある？」

「どうして」

「委員長は、この弦があるって知ってるから。切っちまった方がいいだろ」

ああ、委員長って水谷のことだよ、と佐々岡は補足する。

少女は泣き出しそうな顔で、きゅっと眉《まゆ》を寄せた。

「いいんですか？」

「いいよ。好きなようにすればいい」

長い間じっと、少女はこちらをみつめていた。そのあいだ、きちんと笑顔を作れているか、佐々岡は不安だった。

やがて彼女は背を向けて、部屋のドアを開く。

いくらサンタクロースの帽子をかぶっていても、その中までついていくわけにはいかなくて、佐々岡は小さな背中に尋ねる。

「どうして、弾きたくないの？」

答えづらい質問だろう、でも訊かないわけにもいかない。

暗い部屋の奥にある、学習机の前で、彼女は足を止める。

「失敗するから」

「音楽室じゃ、あんなに上手かったのに」

「上手くないです。でも、そういうことじゃなくって」

彼女は両手を学習机につく。

声がかすれている。泣いているのかもしれない。

「昔から、ずっとそうなんです。偉い先生の前じゃ、普段通りに弾けなくて。今日は、私が尊敬している人がゲストに来るんです」

「アリクイ食堂の？」

「はい」

彼女はうつむいて、震えていた。暗く冷たい部屋に独り立っていた。佐々岡は努めて明るく言う。

「余計なことをしてごめんな。君を傷つけたかったわけじゃないんだ。本当に。でも、ごめん」

「なんなんですか、一体」

涙が落ちる音がきこえた。

それはほんの小さな音だったけれど、でもこの静かな場所なら、佐々岡まで届いた。

涙の音が胸に刺さって、こちらまで泣きそうになる。くそ。感情移入しやすい性質《たち》なんだよ、元々。でもなんとか、頑張って笑う。

叫ぶように、でも小さな声で彼女は言う。

「なんなんですか。急にきて。どうして、謝るんですか。悪いのは私なのに」

「悪くないよ。苦手なことから逃げ出すのは。どこがいけないんだよ」

佐々岡だって、ずっと逃げている。

平凡な日常から。なんでもないただの自分から。逃げ出したくて毎日、安易な冒険を探している。

「オレはさ、君みたいに、得意なことがないから。ヴァイオリンを弾いたりはできないから、E線を探すしかなかったんだ」

きっと傍からみたら馬鹿みたいだけど、走り回って、どうにか頑張って、E線を手に入れた。最後にそれを、自分で切るところを想像する。なんてちっぽけなエンディングだろう。でも、それなりに愛《いと》おしい。

最後に一度だけ、彼女が笑ってくれたらいいな。

それで、なんだろう。たぶん世界は救われる。

背を向けたまま、少女は顔を上げる。

「弦を切っちゃったら、貴方はなんのためにここに来たんですか?」

「サンタ帽をかぶった、へんなストーカーだったんだよ。勘違いしてさ。君に告白したけど振られちゃって、それで逆上して弦を切っちゃうんだ」

「ひどい役ですね」

「どうかな。オレはわりと、気に入ってるよ」

「私は嫌です。そんなの」

「仕方がないだろ。そうでもしないと、辻褄《つじつま》が合わない」

「でも嫌です。なんで、そんな。私ばっかり悪者みたいに」

なんだよ。だから、オレが悪者になるって言ってるだろ。

話がかみ合わない。

振り向いた彼女は、ぼろぼろに泣いた跡のある顔に、笑顔とは呼べないような、へんな、不細工な笑みを浮かべていた。

彼女はヴァイオリンケースを手に握っていた。ゆっくりとこちらに歩く。

「私が尊敬している先生、ちょうど遅刻してるんですよ。だからさっさと演奏して、逃げ出しちゃいますね」

泣き顔で笑った少女は、佐々岡の前で足を止めて。

今度は彼女から、手を差し出した。

3　水谷　午後七時三五分

サンタクロースの帽子をかぶった佐々岡が豊川の手をひいて廊下に飛び出したとたん、静まり返っていた食堂に、声があふれた。

純粋な歓声があり、不満げな呟きがあり、くすくすと笑い合う声があった。しばらくあとで、自分の役割を思い出した管理人が、よく通る大きな声で言った。

「事情を訊いてきます。みんなはここにいて」

当然、こうなる。

どうして佐々岡が豊川を連れ出したのか、水谷には不思議で仕方がなかった。女子寮に男子は入ってはいけないことになっているけれど、弦を届けるだけであれば、管理人だって目をつぶってくれたはずだ。でも彼の行動は大げさすぎた。

食堂内がまた静まり返る。陽気な「ジングルベル」を別にすれば。だれも管理人に反論なんかしないし、する理由もない。

そのはずだった。でも例外が、ひとりだけいた。

「待ってください」

管理人と同じように、あるいはそれ以上によく通る声で、真辺由宇が言った。彼女は部屋中の視線を集めながら、管理人に歩み寄る。

「彼を呼んだのは私です。そうする必要があったので」

「ヴァイオリンの弦のことよね？」

「はい」

「そりゃ、弦を届けてくれるのは嬉《うれ》しいけど。でもあの子を引っ張っていく必要はないでしょう。あんな、悪ふざけみたいなこと」

悪ふざけ、と真辺由宇は反復する。

それは小さな声だった。なのに耳に残る声だった。起伏がなくても感情的だった。そこにはなんのカバーもかかっていない、むき出しの怒りがあった。

「あれが、悪ふざけだっていうんですか？」

「だってそうでしょう。貴女《あなた》もよ。イヴのパーティだからといって、なんでも笑って許されると思ったら大間違いよ」

「笑うわけがないじゃないですか」

真辺由宇はもうほとんど叫ぶように言う。

やはり大きくはない声で、だが感情的に、耳に残る声で。

「あんなにも傷ついた顔で、それでもここに来た彼をみて、一体だれが笑えるっていうんですか」

管理人は苛立《いらだ》たしげに真辺を睨んでいた。でも口は開かなかった。

真辺はさらになにか言いかけて、だがその言葉を飲みこむ。水谷には彼女が、ひとりで混乱しているようにみえた。

「すみません。貴女にこんな言い方をするのは、アンフェアですね」

管理人は不機嫌そうに口元に力を入れて、意図的に作った理性的に聞こえる声で、尋ねる。

「アンフェアというのは、どういう意味なの？」

「私は事情を知っていて、貴女は知りません」

「なら教えてもらえるかしら。どうしてあの男の子は、豊川さんを連れていってしまったの？」

「きっと彼には思いやりがあるからです」

意外な答えだったのだろう、一瞬、管理人は言葉を詰まらせる。

「思いやり？」

「相手の価値観で物事を考えるということだ、と最近教わりました」

それは、水谷が彼女に言ったことだ。まともに聞いていないと思っていたのに、どうしてこんなときに。

管理人は一度だけ首を振る。異国の人と対面して、言葉が通じないことに苛立っているように。

「そんなことは訊いていないの。もっと具体的に説明しなさい」

「できません」

「なぜですか」

「話すべきではないと、判断したからです」

ああ、まったく。

どうして真辺由宇はこうなんだ。彼女はあんなにも攻撃的でありながら、自分自身ではそのことに気づいてさえいないんだ。こんなにも険悪な空気の中で、彼女にしてみれば平穏に話し合っているつもりなんだ。

呆《あき》れて、つい、ため息が漏れる。それは意外に大きな音だったけれど、でもすぐにジングルベルにかき消された。

管理人も、同じようにため息をつく。

「貴女の判断は関係ありません。これは寮の問題です」

「ある側面からみれば、そうです。でも別の側面からみれば、あくまで彼と彼女の問題だということもできます」

「寮で起こっていることなのだから、寮のルールで判断します」

「彼と彼女のあいだで起こっていることは、ふたりのルールで判断すべきです」

「平行線ね」

「はい」

真辺はとくに表情を浮かべないまま、なのにどこか満足そうに頷いた。

「平行線です。どちらが正しいというわけでもありません。だから私たちはまず、互いの意見を擦り合わせなければいけません」

彼女はいったい、何にこだわっているのだろう。

黙って管理人を見送ればいいじゃないか。そのうち彼女が豊川を連れ戻してきて、きっと佐々岡はそのまま退場になって、あとはこれまで通りにクリスマスパーティを楽しめばいいじゃないか。どうして真辺には、そんな簡単なことができないのだろう。

水谷はつい、七草の姿を探した。

学校でこんな雰囲気になったときは、いつも彼がどこからともなく現れて、その場を収めてしまうのだ。真辺も彼の言うことだけはよく聞く。

でももちろん、女子寮にまで七草が現れることはなかった。

管理人の方は真辺と議論をするつもりなんてないようで、今はもう苛立ちを隠さずにじっと彼女を睨んでいた。

真辺の方も口を開かなかったから、ジングルベルでも打ち消せない、重たい沈黙が食堂に満ちた。

自分でも意外だったけれど、次に口を開いたのは、水谷だった。

「でも、放っておくわけにはいかないでしょう？　問題は、問題なんだから」

七草はまず、真辺に向かって反論する。きっとそうした方が、色々な被害が小さくなることを知っているから。

彼女はこちらに視線を向けた。

「問題じゃないよ。これは、正しいことだよ」

なんだ、それ。

「どうして貴女にわかるんですか」

「佐々岡を信じているから」

「そんなの理由になりません」

水谷だって、信じている。佐々岡は軽薄なところがあるけれど、悪い人ではない。それにヴァイオリンの弦をプレゼントしたとき、あんなにも嬉しそうに笑ってくれた。なにか具体的な問題を起こすとは思えなかった。

でも。

「ルール違反は、ルール違反です。例外を作ってしまうと、次にそのことが問題になるかもしれません」

「たしかに。その通りだね」

真辺は簡単に頷く。

「ルールは守らないといけないと、私も思う。本来なら。でもどうしようもない事情があればやっぱり、例外も認められるべきだよ。世の中で起こることは、みんなルールブックに書いてしまえるほど単純じゃないから」

「どうしようもない事情って、なんですか？」

「答えられない」

そのあとで彼女は、困った風に首を傾げた。

「だからやっぱり、アンフェアなのは私の方。話し合いたいのに理由があって、前提を伝えられない。こんなとき、水谷さんはどうしたらいいと思う？」

どうって、そんなの。どうしようもないじゃないか。

なぜさっさと諦めてしまわないんだ。どうしてそんなにも我儘《わがまま》なことを、平然と口にできるんだ。

なにも言葉を思いつかなかった。

この食堂に満ちた沈黙のすべてを吹き飛ばすように、管理人が大きなため息をつく。

「もう充分です。責任者は私です。私がすべて判断します」

真辺がさらに反論しようとした。そのときだった。

彼女と管理人に向かって、ひとりが歩み出た。

――堀さん？

意外だ。いつだって沈黙を守る彼女が、どうして。

彼女はまず管理人の前で立ち止まって、じっと顔をみた。続いて真辺由宇の方に向き直って、またじっと顔をみた。

それから、真辺の耳元に口を寄せて。なにも聞こえなかったけれど、たぶん、なにかを囁《ささや》いたのだと思う。

真辺は夢の中で転んで目覚めたときみたいな、奇妙な表情を浮かべた。それから、堀に向かって「本当に？」と尋ねたけれど、堀はなにも答えなかった。

やがて真辺の方が、口元に笑みを浮かべる。そして、管理人に向き直って、深々と頭を下げる。

「ごめんなさい。もう少し、ルールの運用の厳密性と例外について議論したかったのですが、そんな場合でもないみたいなので」

初めからずっと、そんな場合ではない。いったいイヴをなんだと思っているのか。

顔を上げて、彼女は笑う。

「続きはまたの機会にしましょう」

管理人は呆気にとられているようだった。

その表情を置き去りにして、真辺はふっと立ち去ってしまう。

直後。食堂のドアが開いた。

全員が、そちらを向く。操られるように、台本で決まっていたように。もちろん水谷もドアに顔を向ける。

そこに立っていたのは、佐々岡だった。

彼はドアを支える。高級なレストランのウェイターを真似《まね》ている様子で、かしこまって。そのドアから、豊川が入ってくる。彼女はヴァイオリンを手に持ち、頭にはサンタクロースの帽子をかぶっている。

豊川は食堂に踏み込むとすぐに立ち止まり、深々と頭を下げた。

「お騒がせしてすみませんでした」

顔を上げた彼女の頬には、涙の跡があった。

でもそんなもの気にならないくらいに綺麗に笑って、彼女は言った。

「この人はヴァイオリンの弦を届けてくれたんだけど、私は緊張していて、弾ける気がしなくて。でも、もう大丈夫です。今なら弾けます。我儘ばかりでごめんなさい。プログラムを変更してもらってもいいですか？」

茫然と彼女をみていた管理人が、時間をかけて頷く。

「そりゃ、別にいいけど」

彼女がそう答えたとたん、ジングルベルが鳴りやんだ。いつの間にかCDコンポの前に真辺が移動している。彼女だけは、こうなることを知っていたように。

「では、一曲だけ弾かせてください」

豊川がヴァイオリンを構える。


音はのびやかで、明るく、清潔だ。

まっ白な洗い立てのシーツみたいに。そこに寝転がり、卵みたいに丸まって眠る赤ちゃんの生まれたての肌みたいに。

柔らかくて、優しくて、暖かで。

真冬に春の日が射《さ》すように、劇的で、純粋だった。

豊川は赤いサンタクロースの帽子の下で、目を閉じていた。その表情は、泣いているようにも、笑っているようにもみえなかった。でも決して無表情ではなかった。彼女は深いところに没入しているようだった。

――こんなにも、彼女のヴァイオリンは圧倒的だっただろうか？

水谷は彼女から視線を離せなかった。あるいはヴァイオリンが奏《かな》でる音にみとれていたのかもしれなかった。感嘆さえ失礼な気がして、ただ息を殺していた。

豊川は演奏が上手い。

そんなことは以前から知っていた。何度か練習を聴いたことがあるから。でも以前に聞いた音と、今鳴っている音が、同じものだとは思えなかった。

どこが違うのか、水谷には説明できない。まったくすべてが違うような気もするし、ほんの些細《ささい》な、一部分だけが違っているのかもしれない。技術的に向上しているのかもわからなかった。わかるのはもっと感情的なことだった。以前の演奏ではこんな風に、わけもなく泣きそうにならなかった。

その優しい音からイメージしたのは、なぜだか、真辺由宇の姿だった。ほとんど無表情で、でもなにかに必死になっているような彼女の顔だった。過程を省略して、ふいに理解する。

彼女はこの音を守ろうとしていたのだ。

これを守りたくて管理人に噛《か》みつき、論理的ではない話を続けたのだ。

どうしてそう思うんだろう。わからないけれど、一度思い至ってしまうと、ほかの想像はできなかった。

――こんなの、ずるい。

だとすればもう、彼女を責めようという気にはなれない。

正しいものは暴力的だ。それがルールのように窮屈に、文字の中に閉じ込められていればまだよかった。なのに、真辺由宇は自由だ。解放されている。それで正しいというのは、もう、反則だ。そんな正しさは、正しくなんてない。

豊川は表情を変えずに演奏を続ける。彼女の額には汗が浮かんでいる。弦を押さえる左手は速く、激しく動く。それでも曲は大らかに、ゆったりと続いていく。

すべてを許しなさい、と、その曲は言っているようだった。

美しい陽の光に照らしたなら、どんなものでも美しいのだと語るようだった。

そして実際に、今日一日の真辺由宇を思い返しても、この音の中では肯定的にみえるような気がして、水谷は首を振る。

そうじゃない。そういうことじゃない。彼女への感情は。

やがて、演奏が終わる。

豊川は深々と頭を下げて、そのふた呼吸ほどあとで、拍手の音が弾《はじ》ける。

部屋いっぱいの拍手の中で、豊川は、食堂の入口に視線を向ける。

そこには誰もいない。閉ったドアがあるだけだ。

数秒間、ドアを眺めてようやく、水谷は佐々岡がいなくなったことに気づいた。

＊

パーティの参加者たちは、もちろん豊川の周りにつめかけた。

口々に彼女の演奏を褒め称《たた》える言葉を告げていく。水谷もそれに続こうと、彼女に向かって歩み寄る。

と、いつの間にかすぐ隣に、真辺由宇が立っていた。

彼女は真面目《まじめ》な表情で、声をひそめて、尋ねた。

「いまの、なんていう曲だったっけ？」

水谷は、なにか文句を言ってやろうかと思ったけれど、結局は素直に答える。

「アメイジング・グレイスです」

「そっか。ありがと。絶対知ってるタイトルだと思ったんだけど、出てこなくて」

彼女はこくんと頷いて、それから、改めて頭を下げた。

「さっきも。ありがとうございました」

「さっきって、なんですか？」

「ほら、管理人さんとの。なにか言わないといけなかったんだけど、上手く言葉が出てこなくて。議論って大切だけど、苦手なの。すぐ混乱しちゃうから」

確かに彼女は、珍しく少し混乱していたようにみえた。

なら初めからなにも言わなければいいのに、と思うけれど、口には出さない。せっかく正常化しつつあるクリスマスパーティにもめ事の火種はいらない。

でも我慢できずに、ひとつだけぼやく。

「議論にはみえませんでしたよ」

彼女は根本的にずれている。

「そう？　困ったらいつも、七草が助けてくれるんだけど。甘えてばかりじゃだめだよね」

頭がよくなりたい、と真辺がつぶやく。

その発言はあまりに馬鹿げていて、なんだか拍子抜けしてしまう。考えたこともなかったけれど、真辺は自分自身を、どんな風に評価しているのだろう。

ようやく真顔を崩して、彼女は笑う。

「ともかく、水谷さんが会話に入ってくれて助かった。ありがとうございました」

彼女はあれを、助けられたと思っているのだろうか。

疑問だったけれど、水谷自身、どんなつもりだったのかもよくわからない。とにかく七草の代わりが必要だと思っただけだ。真辺由宇は危なっかしい。

「そのお礼って言うわけじゃなくて、これは元々、水谷さんに渡そうと用意してたんだけど」

彼女は緑色の紙袋を差し出す。赤いリボンがついている。

「プレゼント。今日はパーティに招待してくれて、ありがとうございます」

そういえば、忘れていたけれど、プレゼントはなにがよいかと尋ねられた。

あのとき感情的にひどいことを言ってしまったことを思い出して、水谷はぎくしゃくとお礼を言う。それから彼女のためのプレゼントを捜して、食堂の片隅に置いた鞄《かばん》の中に入っていることに思い当たって、慌ててそれを取ってくる。

「私からも、プレゼントです」

真辺は驚いた顔になり、それから、満面の笑みを浮かべた。プレゼントを受け取るのにうってつけの表情で、なんだ、きちんとできるじゃないか、と内心で苦笑する。

「開けていい？」

「ええ。どうぞ」

彼女は慎重な手つきで、丁寧にシールをはがし、中身を取り出す。

あの、ペアのキーホルダー。

パズルピースの形をしていて、組み合わせると、月を見上げる猫の絵になる。

また嬉しそうに笑う真辺に、水谷は告げる。

「片方は、お友達にあげてください」

どうせ相手は七草だろう。そう思ったけれど、真辺はしばらく考え込んでいる様子だった。それからパッケージされたキーホルダーの片方、月のイラストがついたものを取り出して、こちらに差し出した。

「じゃあ、どうぞ」

まるで不意打ちで、咄嗟に手を出せなかった。

なんだか不安げに、真辺は続ける。

「やっぱりこういうの、貰《もら》った人に返すのは失礼なのかな。ごめんね、あんまりそういう常識がなくて」

別に、失礼ということはないと思うけれど。

「どうして私なんですか？」

「いつもお世話になってるし。ほかに渡す相手は、堀さんくらいしか思いつかないよ」

「七草くんは？」

「ペアは、なんか恥ずかしいな。七草も恥ずかしがると思う」

真辺由宇に恥ずかしいなんて感情があったのか。

なにもかもが意外で、混乱して、水谷はそのキーホルダーを受け取って深々と頭をさげた。自分が買ったものなのに、妙に丁寧に「ありがとうございます」と言った。

楽しそうに、普通の女の子みたいに、真辺は笑う。

「ごめんなさい。実は、プレゼントを買ったのは七草にいわれたからなの。それまで思いつきもしなかった」

そうだ。彼だ。

「私もそのキーホルダー、七草くんに選んでもらいました」

彼はこうなることを予想して、プレゼントにキーホルダーを推薦したのではないか。

なんだか今、胸の中にある混乱までみんな見透かされているような気がして、腹立たしい。彼の評価を見直した方がいいかもしれない。

真辺はしばらく、手の中のキーホルダーをみて、それをポケットにしまった。

それからいつもの真顔を取り戻して、ささやく。

「ところで、管理人さんとの議論が途中だったから、続きをしたいんだけど」

「今はやめてください。パーティが終わってから、日を改めてお願いします」

「うん。なんとなく、そうした方がいい気がしてた」

水谷はため息をつく。

それから、手の中のキーホルダーに目を向けて、苦笑する。

――私は真辺由宇が苦手だ。

人間関係に注意を払わない人間が苦手だ。

嫌いだといっても、大嫌いだといっても、大げさではない。

それはきっとどうしようもないことだ。おそらく遺伝的に決まっていることだ。

だから、水谷は覚悟を決める。

心の中にある、優しくて優秀な、なにひとつ問題を起こさない、本当の意味で正しいことばかりを言う魔法の鏡を、丁寧に磨き上げる。

「これからもよろしくお願いします。メリークリスマス」

その言葉と一緒に、渾身のプライドを込めて、最高の作り笑いを浮かべた。

4　七草　午後七時四〇分

美しいアメイジング・グレイスを、僕は、クローバーハウスを取り囲むレンガ塀にもたれかかって聴いた。

せっかくの演奏が小さくしか聴こえないのは残念だったし、音楽を楽しむには少し寒すぎるけれど、真冬の澄んだ空気の中で圧倒的な星空を見上げて聴くアメイジング・グレイスは格別だということもできる。悪くないイヴだった。

隣で、同じようにレンガ塀にもたれかかっていたアリクイ食堂の店主が、くしゅんと可愛《かわい》らしいくしゃみをした。それから星空にむかって、ああ、と呟く。

「また上手くなったね、あの子」

彼女の過去の演奏なんて知らないから、僕には比べようがない。そもそも音楽の良し悪《あ》しなんて繊細なものを聞き分けられるのか疑問だ。でも寮から聞こえてくるアメイジング・グレイスの素晴らしさは、本能で理解できた。

「これまでにも、彼女の演奏を聴いたことがあるんですね」

「うん。こんな風に、こそこそね」

アリクイ食堂の店主は、寂しげに告げる。

「やっぱりあの子は、壁を乗り越えないといけないんだよ。才能があるんだから」

僕は首を横に振る。

「こんな結末も、綺麗じゃないですか」

才能を理由に、壁を乗り越えろなんて怖ろしいこと、僕は口にしたくない。できるなら、がんばれとさえ言いたくないのだ。もちろん努力を続けた人には本心から拍手を送るけれど、でもなにかを諦めた人を、悪者のようには扱いたくない。

期待というのは本来、極めて個人的なものだ。

鍵《かぎ》のかかる引き出しの奥に隠した、秘密の日記みたいなものだ。

ひとにみせびらかすものじゃないし、相手に裏切られるものでもない。一方的に寄せた期待が、その通りにならなかったときにつくため息は、決して他人にみられてはいけない。傍からはまるで、相手を呪っているようにみえるだろうから。

僕は真辺由宇と佐々岡の会話も、こうして、レンガ塀の陰に隠れて聞いていた。佐々岡がサンタクロースの帽子をかぶって寮に入っていく背中を見送って、そのあと、ほどなく現れたアリクイ食堂の店主に事情を説明した。

豊川がしたことを勝手に喋《しゃべ》るのは、ルール違反だろう。

佐々岡が傷つきながら守ろうとした秘密を、僕はこっそりと裏側から壊したのだ。そんな方法でしか、クリスマスイヴの演奏会を守れなかった。

アリクイ食堂の店主は、極度に緊張しやすい豊川の性質を知っていた。実際、過去に何度か演奏を聴こうとして、彼女はこっぴどく失敗したのだという。あるときは曲が完全に壊れてしまうほどのミスを繰り返し、あるときは手が震えて演奏を始めることさえできなかった。

アリクイ食堂の店主は、ため息をつく。

「いったい私は、いつになったらあの子の演奏を、同じ部屋で聴けるんだろうね」

階段島は捨てられた人々の島だ。

現実の自分自身に捨てられた、どうしようもない欠点を抱えて、この島で生きていくしかない。あの少女はいつまでも、極度に緊張しやすいままなのかもしれない。それは佐々岡がなれもしないヒーローに憧《あこが》れつづけ、委員長が優等生の仮面を被《かぶ》り続けるのと同じように。

階段島の人々は、ある種の成長を奪われている。

決して捨てられない欠点を、それぞれ背負わされている。

それでも僕たちは、変化することならできるのだと思う。どう生きても堕落もしないというのは考え難《づら》かったし、あるいは成長と呼べる変化だって手に入れられるのかもしれない。あくまで、欠点を抱えたままで。

だとすれば、僕たちから奪われているのは、完璧になることだけだ。

そして悲観的な僕は、ついこう考えてしまう。

——どうせ階段島じゃなくても、完璧になんてなれやしないさ。

現実にいる誰だって、どうしても乗り越えられない欠点くらい持っている。

であればこの島は、現実に似ている。あちこちが単純化されて、わかりやすくはなっているけれど、まったく同じではなかったとしても、とてもよく似ている。きっと絶望の量も、希望の量も、だいたい現実と同じだけある。

僕はアリクイ食堂の店主に提案する。

「あの子の、ヴァイオリンの先生になってあげたらどうですか？」

「まともな練習にならないよ。本当にがちがちになるんだから」

「それでも続ければ、いつかは慣れるかもしれません」

きっと豊川は、いつまでも緊張しやすいままだろう。

でも彼女が緊張しないで済む相手はすでに大勢いるのだし、その中に、これからアリクイ食堂の店主が入ることならできるのではないか。

階段島は、人口がたかだか二〇〇〇人ほどのちっぽけな島だ。その全員を緊張しない相手にすることくらいなら、欠点を抱えた豊川にだってできるのではないか。

アリクイ食堂の店主は、ため息をついてから頭を掻く。

「けっこう忙しいんだよ、食堂って。うちは朝から晩までやってるしさ」

「そういえば僕、アルバイトを探しているんですよ」

今年のイヴは、ちょっと散財し過ぎた。そのぶんを取り返しておきたい。

「うちで雇うのは高校生以上の女の子だけって決めてんだよ」

彼女はわざとらしく、そういえば豊川も来年から高校生だね、と呟いた。

であれば、仕方がない。僕のアルバイトは別で探そう。

アメイジング・グレイスが、ほうき星みたいな、澄んだ余韻を残して鳴りやむ。その少しあとで、大きな拍手の音が弾けた。

彼女はレンガ塀から背中を離し、「アルバイトの勧誘に行ってくるよ」と、手を振って歩き出した。

＊

アリクイ食堂の店主と入れ違いに、寮から、佐々岡が飛び出してきた。

彼は僕の姿をみつけて、にたりと笑う。

「お。待っててくれたのか?」

「残念だけど、違う」

彼を待っていたわけではない。

「そっか。追われてるんだよ。オレのことを訊かれたら、北へ向かったと答えてくれ」

「素直に謝った方が手っ取り早いと思うけどね」

「そういう問題じゃないんだよ。ヒーローは名前も明かさない方が恰好いいだろ」

「もうばれてるんじゃないかな」

委員長も、堀も、真辺もパーティ会場にはいるのだ。

佐々岡は平気な様子で笑っていた。

「とにかく、急いでるんだ。もういくぜ」

じゃあなと手を振って、彼は駆け出す。ふんふんと鼻歌を口ずさみながら。なにかのゲームミュージックなのだろう。それは明るい曲だった。エンディングよりは、オープニングに向いていた。

僕はその背中を見送って、身体を震わせながら、彼女が現れるのを待つ。

さらに一時間と少し、足踏みをしたりストレッチをしたりして寒さをやり過ごす。どれだけ経《た》っても寒さが和らぐことはなかったが、慣れたといえば慣れた。

僕がシャドーボクシングの真似をしてひゅんひゅんと腕を振っていたときに、寮からぽつぽつと、人が現れた。

前の方に真辺がいて、彼女はこちらに気づいて足を止めた。

「待っててくれたの？」

「残念だけど、違う」

彼女がクリスマスパーティなんてスリリングなイベントを乗り切れるのか、不安ではあったけれど、それは今夜の本題ではない。

「パーティは楽しかった？」

「うん。これ」

真辺はポケットから、パズルピースを模したキーホルダーを取り出す。

「もらったよ」

「よかったね」

「うん」

彼女はたまにみせる、少年のような笑顔でまたキーホルダーをしまった。

じゃあ気をつけて、と、僕は真辺に手を振る。

真辺も手を振り返して、歩み去っていく。

僕は再び、寮の玄関に視線を向ける。

やがて、彼女が現れる。

堀はいつものように、マフラーで口元を覆《おお》い隠していた。

彼女は僕の前に立って、じっと僕の顔をみて、少しだけ首を傾げた。その動作は、こちらの言葉を促しているようでもあった。

僕はできるだけ普段通りに、軽い笑みを浮かべる。

「今夜は寒いね」

彼女は頷く。

「君を寮まで送ってもいいかな？　少しだけ、話したいことがあるんだ」

彼女は、また頷く。

それから何かを言おうとしたようだったけれど、声にはならなかった。

「じゃ、いこう」

僕は歩き出す。

堀がその後ろに続く。

僕は歩調を緩めて、彼女の隣に並ぶ。

最初のひと言が、なかなか思い当たらなくて、僕は空を見上げる。

堀を相手に、回りくどい言葉を使おうという気にはなれなかった。

僕はこの少女が持つ、善性のようなものを信じている。——相手が誰であれ、決してこちらを裏切らない、なんて信じ方は僕にはできない。期待は個人的なもので、人とのつながりにしてしまうべきじゃない。僕にとって信じるというのはつまり、裏切られてもそれを赦《ゆる》せるということだ。

「君が魔女なの？」

と、僕は尋ねた。

＊

僕は個人的な理由で、魔女を捜していた。

どうすれば魔女に会い、話をすることができるだろう、とずっと考えていた。

そんなときに、この島に通信販売の商品が届かなくなり、佐々岡がヴァイオリンのE線を探し始めた。都合がよかったので、それを利用させてもらうことにした。

佐々岡はとても真面目にE線を探した。

それでもみつからないのだから、この島にはすでにE線なんて存在しないのだろう、と僕は結論づけた。比較的すぐに、なんでも諦めてしまう性質なのだ。

通販が届かなくなったこの島で、存在しないE線を手に入れる方法は、ひとつしか思いつかなかった。どれだけ考えても、そのひとつだけだった。

つまりE線を、ゼロから生み出してしまえばいい。

この島には魔女という滅茶苦茶な統治者がいる。魔法でE線を生み出す――なんて夢みたいな話が、いちばん現実味があった。

魔女は長い長い階段を上った先の館《やかた》で暮らしているといわれる。

でも僕はずっと、その話に説得力を感じられないでいた。論理的にどうこうというよりは、感情の問題で。なぜこの島を優しく守っている魔女がそんな辺鄙《へんぴ》なところに押し込められなければならないのだろう？　あまりに無意味じゃないか。魔女は島の住民を苦しめているわけではない。この島の構造には、愛情さえ感じる。

人に愛情を持てるなら、魔女は人と関わっているはずだと思った。寂しいという感情も持たないまま愛情を注ぐなんてことは、上手くイメージできなかった。僕が魔女であれば、階段の下で、ほかの人々に紛れ込んで生きていく。

でも思い込みでことを進めるわけにもいかないから、僕は魔女への手紙を書いた。内容は「ヴァイオリンの弦の必要性」にした。その手紙は昨夜の遅い時間に、海辺にある速達用の郵便ポストに投函《とうかん》した。

時任さんは魔女にまで手紙を届ける。魔女が本当にあの長い階段の上にいるのなら、彼女は階段を上るはずだ。だから一〇〇万回生きた猫に頼み込んで、今日は一日、あの階段を見張ってもらった。時任さんは現れなかった。

僕が昨夜出した手紙は、その一通だけではなかった。

出せる限りすべての人にクリスマスカードを書いた。ヴァイオリンのE線を持っていませんか？　と。ついでに、七不思議に少し手を加えて、E線をプレゼントしてくれたら願い事が叶《かな》うという風にしておいた。あまり意味があるとは思えなかったけれど、少しでもE線が手に入る確率が高まるように。

クリスマスカードの文面で、宛《あ》て先以外にひとつだけ、内容を小まめに変えたところがある。それはE線を欲しがっている人物についてだった。Aという人物にはBという人物が、Bという人物にはCという人物が、それぞれE線を欲しがっていると書いた。だいたい、三、四人回って、最後は僕か佐々岡の手元に届くようにしておいた。

もしもクリスマスカードを読んで、魔女がE線を生み出してくれたなら、届いたルートで魔女の正体をおおよそ絞れる。その三、四人を辿っていって、つっかえた人物が魔女だ。少しでもE線を作ってくれる確率が高まるように、魔女にだけは追加で「ヴァイオリンの弦の必要性」の手紙も届く。とりあえずそういう仕掛けだった。

もちろん、穴だらけの計画だ。

まず階段島にE線が存在していると、根本から成立しない。

次に魔女がE線を生み出してくれるとは限らない。

加えて僕は、島の住民をみんな把握しているわけではない。昨日一日頑張ってみたけれど、クリスマスカードを送れたのは、よくて四、五割といったところだ。

そして、なによりも、僕の思惑なんて魔女には筒抜けなんじゃないか、という疑いが強かった。遠いところで魔女がひょいと杖《つえ》をひと振りすれば、佐々岡の頭上にぽとんとE線が落ちてくる。そんなことが起きてもなにも不思議はなかった。

どうせ無理だけど、とりあえずやってみよう。

そんな軽い気持ちで、僕はこの計画を実行に移した。単純に、なにもしないよりは多少なりとも、E線が手に入る確率が高まるだろうと考えたのが、魔女捜しよりもむしろ本命だった。

でも今日になってからE線の真相を理解して、ずいぶん慌てたものだ。

少女が望んでいないなら、E線なんてみつかるべきじゃないのではないか。だから僕はポケットにカッターナイフを忍ばせて、クローバーハウスに向かったのだけど、そちらは真辺と佐々岡が上手くまとめてくれて助かった。

結果的に、E線は佐々岡の手に渡った。

堀から委員長へ。委員長から佐々岡へとリレーされて。

僕はリレーの開始点が魔女だと、一応は推測している。実のところ、その開始点が堀なのか、まだ確認していない。クリスマスカードの仕掛けでは、彼女の前にもうひとり、リレーに参加する予定の人物がいた。

パーティが終わるのを待っているあいだに、僕はそちらの確認に行くこともできた。でも、そうはしなかった。

小手先で、がらくたみたいな証拠をそろえるよりも、ストレートに彼女に質問してみたくなったのだ。貴女が魔女ですか、と。

僕はこの長い解説を、堀には伝えなかった。

相手が堀であれば、そんなことは無意味だと思った。

僕は堀を信じている。たとえ彼女が魔女だったとしても、その善性を。

＊

だから僕は、無口な彼女に告げる。

「君が違うというなら、きっと君は魔女じゃないんだろう。僕はもちろん君の言葉を疑ったりしない。全面的に受け入れるよ」

長い沈黙のあとで、堀が足を止める。

ちょうど街灯と街灯のあいだの、夜の暗いところだった。

僕も立ち止まって、彼女に向き直る。それから彼女の言葉を待って、じっと耳をすませる。不思議なことに、今はなんの音も聞こえなかった。クリスマスのざわめきも、風の音も、僕や彼女の呼吸も。世界がふっと息をとめて、考え込んだようだった。

堀は猫に似た、吊《つ》り上がった目で僕をみていた。きっと彼女の瞳は、雄弁なのだろうと思う。でも僕には、その瞳からも、なにも読み取れなかった。

堀はそっと、両手を持ち上げて。

秘密の宝箱を開くみたいに、マフラーを口元からずらす。

「私が、魔女です」

彼女の声はいつものように小さかったけれど、こんなにも静かな夜では、聞き間違えようもない。

僕はできるだけゆっくりと息を吸い込む。

その息をほとんど吐き出してから、小さな声で、つぶやく。

「そっか」

この子が、魔女か。

僕は安心していた。魔女の正体が、この控えめで、善良な少女でよかった。魔女にも堀にも、僕は好意を抱いている。それはこれからも変わらない。

作り物ではなく、僕はほほ笑む。

「行こう。今夜はとても寒いから、あんまり長く外にいると風邪をひいてしまうよ」

堀が頷いて、僕たちは並んで歩き出す。

世界がまた呼吸をはじめて、遠くからざわめきが戻ってくる。

彼女の寮は、すぐそこだ。彼女に尋ねたいことも、シンプルないくつかの質問だけだった。

「通信販売の荷物が届かなくなったのは、君が決めたこと?」

彼女は五歩くらいあとで、こくんと頷く。

それから視線を落としてささやく。

「ごめんなさい」

「謝らなくてもいいけど。どうして急に、荷物を止めてしまったの？」

その質問には、彼女は答えなかった。なにか理由があるのだろう。答えたくないのであれば、仕方がない。

「でも、これまで当然のように使えていたものが使えなくなると、やっぱり不満は溜まるよね。僕はあんまり、みんなが魔女を嫌うようなことにはなって欲しくないんだ。だからできるだけ穏便に、この件を終わらせてしまいたいんだけど」

堀はしばらく考え込んでから、頷く。

「また通販を使えるようにすることは、できないの？」

今度は小さな声で、「できます」と彼女は答えた。

それはよかった。なにか、魔女にさえどうしようもない理由があるのではないか、と思っていたのだ。ゲームでいうと魔力がなくなった、みたいな。

「荷物が届かなくなったのは、凄腕のハッカーのせいだっていう噂があるんだ。実在しないハッカーなんだけどね。そう遅くならないうちに、また通販が使えるようになれば、とりあえずみんなそいつのせいにしてしまえると思う」

謎《なぞ》の凄腕ハッカーなんてもの、そうそう信じる人はいないだろう。

でも「魔女が通販の荷物を止めた」なんてことは、信じたがる人がいない。この島は魔女に管理されて、どうにかバランスを保っていられる。魔女が味方してくれなければ、大勢が絶望してしまうだろう。

だからどれだけわかりやすい嘘でも、スケープゴートは機能するはずだ。たいていの人は、信じたいことからまず信じる。実際にハッカーの噂は、急速に広まった。

堀はまた足を止めた。

そこはもう彼女の寮だった。

僕は何気なく寮をみあげて、そのせいで、劇的な瞬間を見逃してしまった。堀は、たぶん初めて、僕に微笑みを向けてくれた。

「ありがとう」

彼女の声は、舞い落ちる枯葉が立てる音ほど小さい。

「いろいろと、気を遣ってくれて。それから、送ってくれて、ありがとうございます」

僕は彼女に視線を戻す。

笑って、最後にもうひとつだけ質問する。

「今夜は、雪は降らないの？」

堀は首を傾げて、ささやく。

「寒くない？」

「僕なら大丈夫だよ」

彼女は頷いた。

それから、手のひらを上にして、そっと差し出した。

僕はその手を取るべきか、しばらく悩んだ。悩んでいるうちに、彼女の手に、ひらひらと白いかけらが舞い落ちる。それは彼女の肌に触れて、嘘みたいに溶けてしまう。

堀が空を見上げた。

僕も、彼女の視線を追いかける。

まっ白な、小さなかけらが、いくつも、いくつも踊っている。澄んだ夜空の星々の、白い光に照らされて。きらきら輝いて。純白が舞っている。

その様にみとれていた。

晴天の夜空で舞う雪なんてものをみるのは、初めてだった。

満天の星空で舞う雪は、不思議なことに、自然だった。これに比べれば、青空に浮かぶ巨大な雲の方がよほど不自然ではないかと思った。こんな夜をいつか、ずっと幼いころに、夢でみたような気がした。

「積もるかな」

と僕は尋ねる。

「積もるよ」

と堀が答える。

僕は笑う。この空を、ホウキに乗った彼女が黒猫と一緒に飛んでいたとしても、素直に受け入れられるような気がした。

雪が降る星空は、いつまでも見飽きなかった。でも長い時間、堀を雪の中に立たせておくわけにもいかなくて、僕は苦労して視線を落とす。

彼女の手のひらには、いつのまにか、封筒が握られていた。

ちょうど真ん中の辺りに、折れ目が入っている封筒。一度、僕に渡してくれて。でも読む前に彼女がポケットに突っこんでしまった、あの封筒だ。

「もらってもいいの?」

堀は頷く。

僕は、彼女の手紙にしては薄い封筒を手にとる。

彼女は少しだけ満足そうにほほ笑む。

プレゼントを用意していなかったことを、僕は後悔する。せめて、こちらの都合だけのクリスマスカードじゃなくて、もっと純粋にメリークリスマスを伝えるカードを、彼女のために用意しておけばよかった。

しばらく考えて、僕は星々と雪を指さす。

こんなことじゃ、言い訳にもなりはしないけど。

「今夜、空に願い事をすると、それが叶うらしいよ」

七不思議が偽物でも、誰かの勝手な都合で生まれたものでも、そのすべてが嘘じゃなくたって別にいい。確かに雪は降ったのだから、彼女の願いごとのひとつくらいは叶ってもいい。

堀は、ほんの小さな声で、なにかささやいた。

でもそれは舞い落ちる雪よりも静かで、残念だけど僕には聞こえなかった。

＊

魔女の正体を受け入れるのに、大きな混乱はなかった。

黒い三角帽子をかぶったシルエットに、堀のあの困ったような泣きぼくろのある顔を当てはめると、なかなか似合っていて愛着が湧《わ》く。たとえ魔法が使えたところで、魔女にも色々な苦労があるんだろうなという気がしてくる。

でも一方で、それは、これまでの僕が見聞きしてきたことと矛盾する真相だった。

たとえば堀は、ほんの最近――僕がこの島を訪れる少し前――に、階段島にやってきたことになっている。もちろんそれ以前から魔女は階段島にいたはずだ。

彼女が生まれたときからこの島にいたとしても、それでもまだ時系列が合わない。僕も彼女も一六歳で、一六年よりも前にこの島にやってきた人だっているはずだ。

あるいは魔女には、時間の流れのような、常識的な考え方は当てはまらないのかもしれない。堀は年老いることもなく、一〇〇年も前からあのままの姿なのかもしれない。だとしても、もうひとつ。

僕は過去に一度だけ、電話越しに魔女と会話したことがある。

そのときの魔女の雰囲気は、あまりに堀とは違っていた。もちろん今、僕が知っている堀はすべて偽物で、演じられたキャラクターで、彼女の本質はまったく別だということだって考えられる。雄弁な人物が無口を装《よそお》うくらい、魔法を使わなくたってできる。でも堀が、偽物にも、なにかを演じているようにも僕にはみえない。

ひとつわかっても、やっぱり魔女は謎だらけだ。けれど僕は、それらの疑問に関しては、今はなにも尋ねないことに決めた。

自分の考えを整理したかったたし、あまりぞんざいに質問してしまうと、詰問《きつもん》のように聞こえてしまうかもしれない。堀のように、とまではいかないけれど、それでも言葉を扱うときには、きちんと恐怖心を持っていたい。

僕は手を振り合って堀と別れた。

帰り道を、見飽きない夜空を見上げて、ゆっくりと歩いた。

色とりどりの屋根は闇が降りて黒く染まり、その上に雪が降り積もっていく。この島のクリスマスイヴのすべてを、優しく包み込むように。もしその白さえ嘘だとしても、僕はこの景色を綺麗だと言う。すぐに溶けてしまうのだとしても、心の底から綺麗だと言う。

白い夜空に、僕はふう、と白い息をはく。

クリスマスイヴは無事に終わりを迎えそうだし、魔女の正体も知ることができた。時間は確実に流れ、事態は変化している。

それは怖ろしいことだった。許されるなら、逃げ出したいことだった。でもそうはいかない。僕を逃れられなくするのは、僕自身だ。

僕はやがて、決断を迫られるだろう。

ポケットの中の金貨に関する決断を。

時間の流れに逆らおうとしたわけでもないけれど、僕は、街灯の下で足を止める。

堀からもらった封筒は、まだ右手に握ったままだった。手袋を片方だけはずして、封をしてあるシールを慎重にはがして、一度だけ背後を確認する。

今度は、堀は追いかけてこなかった。

＊＊＊

七草くんへ

いつも私に話しかけてくれて、ありがとうございます。

本当に感謝しています。なかなか上手《うま》く返事ができなくて、ごめんなさい。それでも私にとっては、七草くんとは、よく話しているつもりでいます。

あくまで私にとっては、なので、できれば七草くんの考えと比較するのはやめていただけると嬉《うれ》しいです。もちろん嫌だというわけではないのですが、バケツ一杯の水であれ、砂漠では多いと表現しても過剰ではないですし、海辺ではそれは些細《ささい》な量にみえてしまいます。それくらい七草くんと私では、基準となる言葉の量が違うのではないか、と考えています。

喋《しゃべ》らないのは私が悪いのに、砂漠と水のような大きな問題をたとえに出すのは、おかしなことだと思われるかもしれません。別のもっと最適な言い方に置き換えられるとよかったのですが、ずいぶん考えてみても、よいものがみつかりませんでした。あくまで同じ量でもそれを大きいと表現するのか、小さいと表現するのかは、相対的に変わるのだということを書きたかっただけですので、水不足による現実的な様々な問題は、今は考慮しないでいただけますでしょうか。

本当に伝えたいのは、私にとって、七草くんはとてもお話をしやすい相手だ、ということです。意外に思われるかもしれませんが、本当に。


少し夢の話をさせてください。

つまらなければ、どうか後ろに書く予定の、「本題」まで読み飛ばしてください。

私はときどき、とてもよく喋る夢をみます。

ずっと私がしゃべり続けているのです。

具体的なことは覚えていませんが、その夢では、いつも決まってひどい失言をしてしまいます。思ってもいないことをなぜか口にして、相手を傷つけてしまうのです。

私は、私が悪いにもかかわらず、そのことでひどく落ち込んでしまいます。目を覚ましてもまだしばらくは落ち込んだままです。

相手は様々です。水谷さんであることも、佐々岡くんであることも、トクメ先生であることもあります。七草くんが知らない人も、私自身さえ知らない人も登場します。そんな中で、七草くんが相手の場合だけ、私はほんの少し、気分が楽です。

ひどい失言をしても気分が楽だ、とまとめてしまうと、とても失礼ですが、どうか許してください。七草くんであれば傷つけてもいいという意味ではなくて、絶対にだめなのですが、それでも七草くんであれば、私の愚かな失言が「思ってもいないこと」なのだと、上手く伝えられるような気がするのです。

あれはまったくの嘘《うそ》で、そんなことなんて考えてもいない、私自身も混乱してよくわからない弾みでぽんと出てきてしまった、本当は言葉とも呼べないただの雑音なのだ、と、わかってもらえる気がするのです。

もちろんみんな、夢の中の話です。そもそも思ってもいないことで人を傷つけたりはしないように、細心の注意を払わなければなりません。私は、不用意な言葉を使うくらいであれば、やはり沈黙したままを選びたいです。それでも相手が七草くんであれば、多少の誤解を怖れずに、言葉を使える気がするのです。

きっとそれは七草くんが、私の言葉を、思い込みではなくそのまま聞いてくれるからだと思います。これは、私の経験では、とても稀有《けう》なことです。あくまで私がみてきた範囲では、ということですが、多くの人は言葉をそのまま聞き入れず、様々な、独自の解釈を加えているように思います。そうしてしまうと、どんどん言葉の意味が歪《ゆが》んでいくように、私にはみえます。それで、本来なら起こるはずのなかった問題が起こることもあるようです。でも七草くんには、その独自の解釈のようなものを、ほとんど感じません。だからとても安心します。

これはもちろん一方的な私の考えです。初めにどうしても、私にとって七草くんはお話をしやすい相手だということを、お伝えしたかったのです。本題に入る前に。

前置きがずいぶん長くなってしまい、申し訳ありません。

それでは、本題です。


私は魔女の正体を知っています。

もしも七草くんが、魔女について知りたいのでしたら、私はできるだけそれに答えたいと思います。今の時点では誰にも話すべきではないと決めていることも、たくさんあります。だからもし質問してもらっても、その多くには上手く答えることができないかもしれません。それでも決して、嘘だけはつきません。

ただ、ひとつだけお願いしたいことがあります。

魔女について七草くんがなにかを知ったとしても、決してそれを他の人には話さないで欲しいのです。できればこの手紙も、他のだれにも読まれたくないのです。

これはあくまでお願いであって、条件ではありません。

私のお願いを聞き入れてもらえなくても、魔女について尋ねられたなら、できるだけ答えたいと考えています。

急なお手紙で申し訳ありません。

これは臆病者《おくびょうもの》の好奇心のようなものです。

ずっと閉じられていた箱のふたを、こっそり開いてみたくなったのです。

ただそれだけで、ご迷惑なら、どうかみんな忘れてください。


七草くんが、よいクリスマスを過ごせることをお祈りしています。

＊

僕はその手紙を、軽く一通り読み、それからゆっくりと読み返した。

内容は一度目で頭に入っていたけれど、純粋に、もう一度堀《ほり》の手紙を読みたかったのだ。少し丸まった字で、丁寧に、大きさをそろえて書かれた堀の手紙を。

二回とも、よく喋る堀を想像してつい笑い、それから「臆病者の好奇心」という言葉で彼女の顔を想像した。

すっと胸に入ってくるフレーズだ。

初めて聞くけれど、堀に出会ったときから、もう知っていたような気がする。あるいは僕自身の胸にずっとあった気がする、身体《からだ》に馴染《なじ》むフレーズだった。

堀の手紙には、みっつの重要なことが書かれていた。

ひとつ目で、もちろんいちばん重要なのは、僕が堀にとって「話しやすい相手」という名誉ある立場に着かせてもらっていること。そんなの想像もできなかった。彼女は色々な形で僕を驚かせてくれる。

ふたつ目は、すでに堀は、自分の正体を打ち明けるつもりだったこと。迷っていたとしても、手紙を書いて、一度は僕に差し出すくらいにはその気があった。だから僕のずさんなクリスマスカードの仕掛けも上手くいったのだろう。

結局のところ、僕の努力というのは、たいてい無駄に終わる。部屋でだらだらと本を読んでいても、いずれは堀の方から正体を明かしてくれたのではないだろうか。わざわざゆうちょから貯金を引き出して大量のクリスマスカードを作る必要もなかったのだ。

でも不思議と、徒労感もなかった。

回り道もしたし、予定外のこともあったけれど、でもとにかくヴァイオリンのE線がみつかって演奏会は成功したのだ。それで充分だ。

みっつ目は、堀がよく喋る夢をみていること。なら彼女自身も、誰かと会話したいと望んでいるのだ、きっと。

これは僕にしては珍しく、ポジティブな、肯定的な思考だった。本心とは正反対の夢だってみるさと、いつもの僕がささやいた。でもせっかく堀が、僕のよいクリスマスを祈ってくれているのだから、今夜くらいは肯定的な推測を選ぶことにした。

僕は便箋《びんせん》に舞い落ちた雪を払い、丁寧に折りたたんで、封筒に戻す。

もちろん誰かに魔女の正体を話すつもりも、この手紙を読ませるつもりもなかった。魔女がどうこうというよりも、あの堀に「話しやすい相手」といってもらえたことが嬉しくて、大切に引き出しの奥にしまっておこうと決めた。

僕が相手ならいくらでも失言してくれてかまわないのだ。夢の中に限らなくても、現実でも。でもそのたびに、あの臆病な魔女はひどく傷ついてしまうのだろうから、それならもうしばらく、無口なままでいい。

僕はこれから、長い時間をかけて、魔女とこの島のことを知っていくだろう。

そのときにできるだけたくさんの無駄話をつけ加えられれば嬉しい。ふとみかけた猫だとか、ショートケーキのイチゴを食べるタイミングだとか、ずっと昔の少しだけ悲しい思い出だとか。片隅で怖がりながら、色々な好奇心を満たしていけたらいい。

封筒をポケットにしまって、僕はまた夜空を見上げて歩き出す。

まだパーティが続いているのだろう、近くの家屋で、歓声が弾《はじ》けた。

イヴに残された僕の仕事は、あとひとつだけだ。

昨日から何百通というクリスマスカードを出してきたけれど、僕の手元にはもう一通だけ、届けたい封筒が残っている。

＊

三月荘の前にはひとりの女の子が立っていた。

彼女は故郷のことを考えるような、感傷的な瞳《ひとみ》で雪が舞う星空を見上げていた。その肩には白い粉雪が載っていて、少しだけ輪郭をぼやかせて、このまま彼女が消えてしまうのではないかという気がした。

真辺由宇《まなべゆう》。

足音に気づいたのだろう、彼女は視線をこちらに向ける。

僕は彼女の三歩ほど手前で立ち止まって、どうしたものかと思い悩んで、けっきょく尋ねる。

「待っていてくれたの？」

真辺は頷《うなず》いて、眉《まゆ》を寄せた。

「実は、とても困っていることがあるの。相談してもいい？」

僕は思わず笑う。イヴはまだ終わらないというのか。これがサンタクロースからのプレゼントだとしたら、ひどい話だ。

「長くなるなら明日にしよう。風邪をひいてしまうかもしれない」

「すぐだよ。たぶん、二、三分」

「なら聞くよ」

彼女は肩にかけていた鞄《かばん》をごそごそとあさって、紙袋を取り出した。

「これなんだけど」

「なに、それ」

「プレゼント。七草《ななくさ》への」

そんなものがあったのか。

彼女は世界規模の経済的な問題についてコメントするように、深刻な表情を浮かべる。

「手袋を買ったんだよ」

「なるほどね」

僕は自分の手に視線を落とす。

そこには委員長がくれた、深いブラウンの手袋がはまっている。

「なにか買い直そうかとも思ったんだけど、悩んでるうちに、時間がなくなっちゃって。もうお店もしまってるし」

「そうだね。この島は夜が早いから」

「だから相談なんだけど、こういうのは明日、買い直してプレゼントした方がいいのかな。それとも同じものでもイヴのうちに渡した方がいいのかな」

「もちろんそのまま、プレゼントしてくれればいい。手袋がふたつあってもこまらないよ。片方が濡《ぬ》れちゃうかもしれないし」

「そっか」

よかった、と真辺はほほ笑む。

彼女は紙袋を差し出して、言った。

「メリークリスマス」

ありがとう、と応《こた》えて、僕はそれを受け取る。

それから、コートのポケットに手を突っ込んだ。堀からもらった手紙とは反対の方。

そちらにも一通だけ、取り残された封筒が入っている。

昨日、顔も知らない相手に無数のクリスマスカードを用意していて、なんだかげんなりして、もう少しまっとうなクリスマスカードを作りたくなったのだ。

僕はその封筒を差し出す。

「メリークリスマス」

これは純粋に、なんの他意もなく、その言葉を伝えるためだけの封筒だ。実際、中のカードには、ほかのことはひと言も書かれていない。頭を捻《ひね》っても、どうしても文章が思い浮かばなかった。

代わりに封筒には、小さなプレゼントを同封した。

ずいぶん迷ったけれど、髪留めを選んだ。彼女の黒くてまっすぐな髪が、僕はわりと気に入っているのだ。できるだけ汚れてほしくない。

なにをプレゼントしても、真辺由宇は喜んでくれると知っていた。

でも彼女は、封筒を受け取って、本当に珍しくうつむく。

僕はその表情を、のぞき込んでみたいと思う。

彼女の顔の隣で、粉雪が舞っている。少し落ちて、また浮かんで、それもまた臆病者の好奇心みたいに。